ullstein

Steven Burns ist ein außergewöhnlicher Detektiv. Die Erforschung paranormaler Phänomene und der Kampf gegen übernatürliche Mächte des Bösen führen den erfolglosen Schriftsteller in bisher unbekannte Welten und eröffnen unfassbare Horizonte …

Old Anchor, ein Dorf in der Wildnis Kanadas. Larry Newman, Mitarbeiter einer kanadischen Sonderkommission für übernatürliche Phänomene, trifft beim Lachsfischen auf einen alten Widersacher: Luther Niles. Eigentlich dürfte dieser gar nicht mehr am Leben sein, doch offensichtlich hat seine Existenz überdauert. Er will Bakerman, dem Mann, der sich dem Kampf gegen das Widernatürliche verschrieben hat und mit dem er sich seit Jahrzehnten ein erbarmungsloses Duell liefert, Antworten auf alle Fragen geben. Eine Falle? Bakerman und seine Mitarbeiter Steven Burns und Joyce Kramer beschließen, das Risiko einzugehen.
Luther Niles, dessen gefühlstote Züchtungen zu gefährlichen Gegenspielern Bakermans wurden, berichtet tatsächlich bemerkenswert offen über seinen Werdegang, sein Schicksal seit seiner Ermordung vor fünfzehn Jahren, über die *andere Seite* und die Welt der Fahlen. Doch je länger er erzählt, desto klarer wird, dass er eine Gegenleistung erwartet. Etwas, das nur Steven Burns durch seine Gabe ihm geben kann. Und je tiefer sich die Dunkelheit über die Wälder senkt, desto näher kommt eine tödliche Präsenz, die in den Wäldern lauert und mit Luther in Kontakt steht. Es ist an Steven Burns, eine Entscheidung zu treffen. Doch Steven verfolgt seine eigenen Pläne …

Autor: Andreas Gloge, Co-Autor: Volker Sassenberg

In unserem Hause sind in der Reihe *Gabriel Burns* bisher erschienen:
Die Grauen Engel
Verehrung

gabriel burns

KINDER

Mystery Thriller

Autor: Andreas Gloge

Co-Autor: Volker Sassenberg

Ullstein

Besuchen Sie uns im Internet:
www.ullstein-taschenbuch.de

Umwelthinweis:
Dieses Buch wurde auf chlor- und säurefreiem Papier gedruckt.

Originalausgabe im Ullstein Taschenbuch
1. Auflage November 2007

Universal Music Family Entertainment –
a division of Universal Music GmbH
Umschlaggestaltung: HildenDesign, München – www.hildendesign.de
Titelabbildung: © Decision Products/Ingo Masjoshusmann
Gabriel Burns ist ein eingetragenes Markenzeichen von
Decision Products/Volker Sassenberg

Satz: Pinkuin Satz und Datentechnik, Berlin
Gesetzt aus der Optima
Druck und Bindearbeiten: Ebner & Spiegel, Ulm
Printed in Germany
ISBN 978-3-548-26732-6

ICH WEISS, WAS ANGST IST. WIE SIE SICH ANFÜHLT, WIE SIE DEN VERSTAND LÄHMT UND JEDEN IN EIN HILFLOSES, ZITTERNDES ETWAS VERWANDELN KANN. ICH MUSS VON SCHRECKLICHEN BEGEBENHEITEN BERICHTEN, DIE ZUMEIST IM VERBORGENEN, ABER MANCHMAL AUCH IN UNSERER UNMITTELBAREN NÄHE GESCHAHEN. UND NOCH IMMER GESCHEHEN.

ES WÄRE EIN VERHÄNGNISVOLLER FEHLER, DIE MENSCHEN DARÜBER IM UNKLAREN ZU LASSEN. ES IST AN DER ZEIT, DASS SIE DIE WAHRHEIT ERFAHREN ...

ALLES BEGINNT IN EINER STADT, VON DER ES HEISST, SIE SEI AUF URALTEM LAND ERBAUT. BEWACHT VON DEN NAHEN GIPFELN DES KÜSTENGEBIRGES. WILLKOMMEN IN VANCOUVER ...

PROLOG

Der bewölkte Himmel im Osten begann sanft zu erglühen, aber in der Bucht war es noch immer dunkel. Seichte Wellen klatschten gegen den Bootsrumpf. George Mullin rieb seine von der frühen Kälte steifen Finger und prüfte die Köder für die Angelruten. Die letzte Morgendämmerung seines Lebens war von Gedanken an vergangene Tage erfüllt.

Der Skeena River war berühmt für seine Königslachse. In einem überaus heißen Juli vor acht Jahren hatte George einen Brocken von mehr als 70 Pfund aus dem Fluss gezogen. Noch immer hing der Fisch ausgestopft in der Teestube seiner Freundin Grace, mitten über dem wurmstichigen Eichenholztisch. Es war sein Geschenk zu ihrem 65. Geburtstag gewesen, und Grace hatte den König aller Lachse Ernesto genannt, nach ihrem verstorbenen Ehemann.

In Old Anchor, dem unscheinbaren Dorf am Ufer des Skeena, machten der Fang und sein ungewöhnlicher Name schnell die Runde. Doch nach den ersten Wochen aufgesetzter Empörung kamen die Leute in die Teestube und gaben zu, dass der Lachs dem Dahingeschiedenen durchaus ähnlich sah. Die herabhängende Mundpartie, die hohe Stirn, es wurden Scherze gemacht, vergessene Anekdoten ausgegraben, und schon bald etablierte sich eine feste Gruppe im Dorf, die zu Ehren Ernestos einen Stammtisch ins Leben rief. Die Männer und Frauen erhoben es zum höchsten Gebot, dass sowohl der ausgestopfte Königslachs wie auch der verstorbene Ehemann gleichermaßen in die Trinksprüche eingebunden wurden.

Grace quittierte all dies mit einer seltsamen Attitüde aus Gleichmut und melancholischer Freude. Sie vermisste ihren Ehemann, jeden Morgen beim Aufwachen und jeden Abend vor dem Zubettgehen. Der Fisch an der Wand, mit seinem Namen, erinnerte sie an den Schmerz des Verlusts, doch die Erinnerung und die munteren Versammlungen bei Tee, Gebäck und Schnaps brachten viele gute Tage zurück in ihr Gedächtnis. Und dafür war sie unendlich dankbar.

George indes hatte niemals geheiratet. Er hatte nie den Drang verspürt, sich zu binden. Noch immer kursierten Gerüchte in Old Anchor, er sei seit ihrer gemeinsamen Kindheit in Grace verliebt gewesen, aber dem war nicht so. Ihre Freundschaft war innig, doch frei von Ansprüchen, Lügen und Sexualität. Dennoch vermisste er sie an diesem Morgen.

Zum ersten Mal seit seiner Jugend fürchtete George, dass er den gesamten Sommer über alleine fischen würde. Noch letztes Jahr hatte Grace ihn auf jeder seiner Touren begleitet. Aber nun machte ihr das Rheuma immer mehr zu schaffen. Gemeinsam hatten sie oft stundenlang auf den Fluss geblickt, der sich seinen Weg durch die weiten Täler der Coast Mountains bahnte, um nach über dreihundertfünfzig Meilen bei Prince Rupert in den Pazifik zu münden.

Skeena River bedeutete nach indianischer Übersetzung *Wasser aus den Wolken*. Und tatsächlich war das Wasser hier dermaßen klar und rein, dass George schon öfter den eigentlichen Grund seiner Bootsfahrten vergessen hatte, nur um schweigend den Blick auf Fische und Krebse zu richten, die unterhalb des Bootsrumpfes durch die kühlen Fluten geisterten. Lautlose Phantome in schillernden Farben und den absonderlichsten Formen.

Hier im Nordwesten British Columbias konnte es vorkommen, dass man sich im Irrglauben verlor, völlig allein auf der Welt zu sein. Der letzte Mensch, inmitten endloser Täler und grasgesäumter Flussbetten, durchsetzt von kristallklaren Seen und einer Wildnis, die mit ihren fernen, schneebedeckten Bergketten am Horizont einen Hauch von Ewigkeit verströmte.

Das Ruderboot trieb weiter den Seitenarm entlang flussabwärts. Der Mond glitt hinter den Wolken im Westen hervor und hing träge über den Baumwipfeln.

George steckte seine drei Ruten in die Halterungen und legte sie in Fahrtrichtung aus. An die Hauptschnur knotete er einen Dreiwegewirbel und dann eine weitere Schnur mit dem Grundblei, und schließlich befestigte er den Spin-o-glow-Köder. Den Haken versah er mit gefrorenem Lachsrogen.

Nach dem Auswerfen beobachtete der alte Fischer, wie sich das Blei auf dem Grund des Flusses festsetzte und der Spin-o-glow wenige Zentimeter über dem Flussbett tanzte, dort wo die Lachse tauchten, schwammen und fraßen.

Jetzt begann der beste Teil. Das Warten.

In der aufziehenden Dämmerung schimmerte das raschelnde Schilf in warmen Regenbogenfarben. Die Rufe mehrerer Kingfisher und Alaskafinken ließen ihn aufhorchen. Nicht weit erhob sich ein Vogelschwarm und entschwand Richtung Wald.

George ließ seinen Blick umherschweifen, um zu sehen, was die Tiere aufgeschreckt haben könnte. Wie an vielen Stellen des Flusses hatte sich auch hier am Ufer

Treibholz gesammelt. Jenseits des Wassers erstreckten sich Wälder, in denen die kanadischen Ureinwohner schon vor fünftausend Jahren Bären und Elche gejagt hatten. Heute lebten die meisten Menschen entlang der Flüsse von der Holzwirtschaft. Auch Old Anchor war vor rund achtzig Jahren aus einem Holzfällerdorf entstanden, bevor der Betrieb irgendwann in den späten Siebzigern Konkurs anmeldete und die Arbeiter abzogen. Nun lebten in dem Dorf nicht mehr als dreihundert Seelen, die Hälfte davon indianischer Abstammung.

George wischte sich eine Wimper aus dem Augenwinkel. Er zögerte kurz, dann schloss er die Augen und ließ einen lang vergessenen Wunsch passieren, den ihm die Wimper gewährte.

Als er sich erneut umsah, erweckte ein heller Fleck zwischen den aufgestauten Baumstämmen sein Interesse. Vielleicht ein Biber? Oder …

Aber sosehr sich der alte Lachsfischer auch konzentrierte, er war unfähig auszumachen, was da schwamm. Von einer unerklärlichen Unruhe ergriffen, lockerte er die Angelrollen und ließ die drei Schnüre weiter ausfahren, während er das Boot vorsichtig auf das angeschwemmte Treibholz zusteuerte.

Der Fleck entpuppte sich als eine beigefarbene Anglermütze mit eingesticktem Union Jack. George erinnerte sich, dass vor einigen Tagen eine fünfköpfige Gruppe Engländer Old Anchor besucht hatte. Die Jungen hatten vorgehabt, in der Wildnis zu zelten. Einer von ihnen musste seine Mütze verloren haben. George hoffte nur, dass die Burschen nicht auf den Gedanken gekommen waren, auf dem Treibholz zu balancieren oder übermütige Kunststücke zu vollführen. Die rutschigen Baumstämme glitten rasch auseinander, und ebenso schnell schlossen sich die Zwischenräume wieder.

Stumpf stieß der Bootsrumpf gegen den ersten Stamm.

George griff nach einem Ast und bewegte sich langsam zum Bug. Er ging auf die Knie, um sein Gewicht nicht zu sehr nach vorne zu verlagern, und streckte den Ast nach der Mütze. Beim zweiten Anlauf verfing sich die Spitze im durchtränkten Stoff. Aber sie hob sich nicht aus dem Wasser, sondern wurde von einem Widerstand dicht unter der Oberfläche gehalten.

Er verstärkte den Druck.

Wieder schlug das Boot gegen den Baumstamm. Der sanfte Aufprall griff auf den nächsten über. Im Nu ging ein wellenartiger Ruck durch das Treibgut. Für einen Moment öffnete sich ein Spalt um die gefangene Mütze.

George Mullin schnappte nach Luft und wich zurück.

Gespaltene Schädelknochen reckten sich ihm wie ein Nadelkissen entgegen. Der Kopf erweckte den Eindruck, als wäre er von innen aufgeplatzt. Der dazugehörige Körper des jungen Mannes schwamm bläulich aufgedunsen und von Fischen angefressen unter den Baumstämmen.

Im nächsten Moment streckten sich die Schnüre der drei Angelruten und das Boot wurde mit Gewalt vom Ufer fortgezogen. Etwas hatte angebissen, etwas Großes.

George kämpfte vergebens um sein Gleichgewicht. Dann brachen die kalten Fluten über ihm zusammen.

Es heißt, diejenigen die dem Tod ins Antlitz geblickt haben, sahen ihr Leben an sich vorbeiziehen. Oder ein Licht. Oder abgrundtiefe Finsternis.

Das Einzige jedoch, was George Mullin durch den Kopf geisterte, als er unter die glitschigen Stämme gedrückt wurde und ihn die fauligen Überreste eines beinlosen Torsos umschlangen, war der Grabspruch von John Keats: »Hier liegt einer, dessen Name in Wasser geschrieben war.«

Keats, einer der bedeutsamsten Dichter der englischen Romantik, war der Lieblingsdichter von Georges Eltern gewesen, und so war der Satz in das Familienkreuz hinter dem Hügel des alten Hauses gemeißelt worden.

… einer, dessen Name in Wasser geschrieben war …

George sank tiefer.

Alles Licht verging.

Die Morgendämmerung wich aus seinem Leben, so wie das Boot aus seiner Nähe …

… und das rettende Ufer aus der Reichweite seiner hilflosen Hände.

1

»Hey, können Sie mich hören?«

Der leichte Schlag auf die Wange riss ihn zurück. Er lag auf am Ufer. Durchnässt.

Ihm war kalt. Sterbenskalt.

»Sind Sie okay, Mister?«

Der langhaarige Mann neben ihm trug Anglerstiefel. Keine drei Meter weiter lehnte ein Köcher für die Fische an einem Dornenbusch mit roten Beeren.

George Mullin richtete sich langsam auf und blickte zurück aufs Wasser. Ein paar der Stämme hatten sich gelöst und trieben mit der Strömung davon. Von der Mütze des Engländers war nichts mehr zu sehen.

»Sie haben mit einem Ast nach irgendwas gestochert. Im nächsten Moment machte es platsch.« Der Mann schüttelte sich und lachte erleichtert. »Sie sollten die Fische aus dem Fluss ziehen, nicht umgekehrt.«

»Ja, danke ...«, hustete George und spuckte schwarzen Schlamm.

»Ihr Boot hat sich mit den Schnüren dort hinten im Schilf verfangen.«

Der Langhaarige reichte ihm die Hand. »Larry Newman.«

»George Mullin. Aus Old Anchor.« Er ließ sich auf die Beine helfen. »Da war etwas, zwischen den Stämmen ...«

»Ja?« Larry Newman schien überrascht. »Ich habe

nichts gesehen. Und ich musste ganz schön tief rein, damit Sie mir nicht absauf…« Er räusperte sich verlegen. »Nun, ist ja alles gutgegangen.«

»Ich verdanke Ihnen mein Leben, Mister.« Die Erinnerung an den ertrunkenen und verunstalteten Leichnam verging mit jedem Atemzug. George zwang sich zu einem Lächeln. »Was immer es war, ich muss es mir wohl eingebildet haben.« Zumindest wünschte er sich das.

Immer wieder streifte sein Blick die langsam auseinandertreibenden Baumstämme, aber nirgends war mehr etwas auszumachen, das auch nur entfernt an einen menschlichen Körper erinnerte. Kein Leichnam, nicht einmal die Mütze, nur der friedliche Strom des Skeena River und der leise Wind auf der Wasseroberfläche.

Ja, es musste Einbildung gewesen sein, zwang er sich zur Besinnung.

»Die Dämmerung spielt einem so manchen Streich«, sagte Larry. »Ich kenne das aus meiner Zeit in Dawson.«

Der Mann reichte ihm einen Flachmann, dessen Schraubverschluss bereits gelockert war. »Hier, können Sie bestimmt vertragen.«

George nahm einen kräftigen Schluck. Doch die Kälte in seiner Brust ließ sich nicht endgültig vertreiben. »Sie machen hier Urlaub, Larry?«

»Habe eine Lodge im Wald gemietet. Früher war ich im Forstamt von Dawson beschäftigt. Das ist ein kleines Dörfchen im Yukon-Territorium. Ein … ruhiger Ort. Zumindest war er das.« Larry Newman strich sich abwesend mit der Hand über die schweißnasse Stirn. »Nun, wie dem auch sei, damals bin ich zum Urlaub immer in die Stadt gefahren. Nach Calgary oder auch mal nach

Vancouver. Aber jetzt ist es genau umgekehrt. Ich brauche die Einsamkeit, um wieder Energie aufzutanken. Und der Skeena River ist der beste Ort dafür.«

»Was machen Sie denn so beruflich?«

Larry kratzte sich verlegen an der Schläfe. »Leben retten, wenn niemand damit rechnet.«

Der alte Mann klopfte sich den Tang von der Hose. »Sie machen Ihren Job verdammt gut.«

»Eigentlich wollte ich mal für zwei Wochen eine Auszeit nehmen. Zu viel gutes Karma, Sie verstehen?! Nach den heftigen Niederschlägen in den letzten Tagen bin ich auf diesen Seitenarm ausgewichen. Durch das Hochwasser ist das Wasser im Skeena zum Angeln zu trüb.«

»Wem sagen Sie das?! Ich fische hier seit dreiundsechzig Jahren, seit mich mein Vater mit sieben zum ersten Mal mit in seinem Boot genommen hatte.«

»Sie kommen aus Old Anchor, sagten Sie?«

»Geboren, aufgewachsen und ... fast ... auch gestorben.« George lachte und reichte ihm die metallene Trinkflasche zurück. »Guter Likör. Aber ich bevorzuge Bier, um ehrlich zu sein.«

»Und trockene Sachen, könnte ich mir denken«, grinste Larry.

»Sie sagen es.«

»Gut, dann helfe ich Ihnen, Ihr Boot aus dem Schilf zu ziehen.«

Noch eine Weile, nachdem sie das Ruderboot an Land gezogen hatten, stocherte George Mullin gedankenverloren mit einem Stock zwischen den losen Baumstämmen am Ufer. Aber fand nichts.

Sie verabschiedeten sich voneinander, nicht ohne dass Larry Newman für seinen nächsten Besuch in Old

Anchor auf frischen Apfelkuchen in Grace Cullogh's Teestube eingeladen wurde.

Larry blickte dem Alten nach, bis dessen Boot hinter sich windenden Böschungen des nach Osten abknickenden Flusses verschwunden war. Er fragte sich, was den Mann so verstört hatte. Der Fischer hatte ihn angelogen, das war eindeutig gewesen. Aber was immer der Mann im Treibgut erblickt hatte, es war verschwunden.

Nicht länger in der Stimmung für das Fangen von Lachsen, machte sich Larry auf den Rückweg.

Der Wald war dicht und das Aroma der noch vom Morgentau feuchten Erde würzig und stark. Überall wuchsen Moose und Flechten auf Steinen und Holz. Pilze in allen erdenkbaren Größen und Formen bedeckten den Untergrund.

Nach einer halben Stunde erreichte er die Lichtung. Die Lodge, in typisch kanadischer Holzbauweise errichtet, lag umschlossen von fünf immergrünen Redwoods. Die Riesenmammutbäume waren viele hundert Jahre alt und ihre Stämme an die neunzig Meter hoch, so gewaltig, dass ein Dutzend Leute nötig gewesen wären, um sie mit ausgestreckten Armen zu umschließen. Eingehüllt in blassen Bodennebel, erweckten sie den Eindruck, aus einer urzeitlichen Epoche zu stammen, aus Tagen, in denen die Menschheit noch mit der Entdeckung des Feuers beschäftigt war.

Neben der Hütte gab es einen kleinen Filetierplatz und einen Unterstand zum Räuchern gefangener Fische.

Sein Landrover parkte nicht weit entfernt. Bis nach Old Anchor waren es keine fünfzehn Minuten mit dem Wagen, und bis zum Flughafen in Terrace eine knappe Dreiviertelstunde. Larry hatte Wert darauf gelegt, seine Auszeit nicht am Ende der Welt zu nehmen, obwohl die Abgeschiedenheit dieses Ortes leicht eine derartige Assoziation vermittelte.

Er stellte seine Ausrüstung ab und zog sich vor der Tür die nassen Stiefel aus. Als er den Aufenthaltsraum betrat, stieg ihm der typische Geruch alten Holzes in die Nase, schwer und feucht. Vom ersten Tag an hatte ihn der Duft an das Forstamtsbüro in Dawson erinnert. Ein Anflug von Wehmut, dem er sich nur widerwillig entzog.

Noch eine Woche, dann würde er zurück nach Vancouver fliegen, wo Bakerman, Steven und Joyce auf ihn warteten. Wo neue Aufträge ihn in fremde Länder führen würden. Wo er namenlosen Schrecken gegenüberzutreten hatte, die einem normalen Menschen schon lange den Verstand geraubt hätten.

Normale Menschen.

Larry ging zur Kommode neben dem Sofa und schenkte sich ein Glas Kahlúa ein. Der mexikanische Kaffeelikör, mit Zuckerrohr und Vanille verfeinert, weckte seine Lebensgeister und ließ ihn innerlich schmunzeln.

Vermutlich waren sie keine normalen Menschen mehr, weder Bakerman noch Joyce, noch Steven, noch Stuart Blumberg – Gott habe ihn selig – oder er selbst.

Sie alle mussten doch mittlerweile verrückt sein, durchgeknallt, irre. Wie sonst hätten sie die unbeschreiblichen, die unvorstellbaren Erfahrungen verarbeiten können? Wie sonst jene Geheimnisse bewahren, von denen Menschen wie George Mullin nicht einmal in ihren schlimmsten Alpträumen etwas ahnten?

Noch eine Woche Frieden, dachte Larry Newman genüsslich, als der Likör warm und wohlig seine Kehle hinabrann.

»Sie haben die Leiche nicht gesehen, oder?«

Das Glas zersprang auf dem Boden.

Der Fremde stand in der offenen Tür auf der Schwelle zu seinem Schlafzimmer. Er lächelte in der Art, wie man einen alten Schulfreund begrüßt, den man seit dem Abschlussball nicht mehr gesehen hatte.

Aber nichts konnte Larry über die Boshaftigkeit hinter der perfekten Fassade hinwegtäuschen. Die schmalen Lippen, die streng nach hinten gekämmten Haare, die zuckenden Falten in den Augenwinkeln.

Luther Niles sah noch immer so aus wie damals, vor seinem Tod.

»Das ist nicht möglich!« Larry taumelte.

»Sie wissen doch gar nicht, was möglich ist«, grinste Niles und leckte mit der Zungenspitze über die strahlend weißen Zähne.

»Steven hat Sie in Rumänien vernichtet! Sie und Ihre Brüder, Ihre widernatürlichen … Züchtungen!«

»Sind Sie denn unfähig, aus Erfahrungen zu lernen, Mister Newman? Sogar Sie selbst haben mich schon einmal erschossen. Ihr erster Mord, wenn ich richtig vermute?«

Larry brachte kein Wort heraus. Der Schock lähmte ihn.

Sein Gegenüber fuhr unbeirrt fort: »Es stimmt, man hat aus meinem Zellmaterial Nachfolger von mir gezüchtet. Kopien, willenlos, universell einsetzbar, tödlich. Ich hatte viele solcher Kinder.«

»Wollen Sie etwa behaupten, Sie wären das Original? Der *echte* Luther Niles existiert nicht mehr!«

»Wie können Sie da so sicher sein, Newman?«

»Sie müssten mittlerweile über sechzig sein.«

»Wohl wahr.« Luther Niles zog einen Revolver unter seinem Jackett hervor.

Instinktiv griff Larry nach der Vase auf dem Fenstersims und schleuderte sie dem Mann entgegen. Niles tauchte akrobatisch unter dem Wurfgeschoss zur Seite. Keramikscherben regneten von der Wand.

Bevor Larry den Ausgang erreicht hatte, schlug eine Revolverkugel im Türrahmen ein. Im dunklen Holz öffnete sich eine helle Wunde aus Splittern.

»Danke für die Blumen, Newman. Aber wohin denn so eilig?« Seine Stimme war völlig ruhig, seine Atmung hatte sich nicht um eine Spur verändert.

Als Larry sich umwandte, hatte sein Besucher bereits auf der Sofagarnitur Platz genommen, die Waffe wie beiläufig in seinen Schoß gebettet.

»Sie haben meine Eingangsfrage nicht beantwortet.«

»Welche?«

Niles schloss für einen Moment die Augen. »Die Leiche … am Fluss. Sie haben Sie nicht gesehen?!«

»Wovon reden Sie?«

»Schon bald werden viele Menschen sterben, Newman. Die fünf Engländer waren nur der Anfang.«

»Wen haben Sie dieses Mal getötet?« *Das war es also, was George Mullin im Treibholz gesehen hatte,* dachte Larry.

»Eins nach dem anderen! Ich kann Ihnen und Bakerman die letzte Wahrheit offenbaren, nach der Sie suchen. Ich gebe Ihnen alle Antworten zu allen Fragen, die Lösung all Ihrer Probleme, das Ende der Bedrohung … Das Ende des Tötens.«

Larry verschränkte die Arme vor der Brust, um zu verhindern, dass sie weiter zitterten. »Was hätten wir zu erwarten außer einem Haufen Lügen?«

»Verärgern Sie mich nicht, Newman …«, seufzte Luther Niles, »oder ich schieße Ihnen in den Kopf.«

2

Die Flugzeit von Vancouver nach Terrace betrug keine zwei Stunden. Es war ein atemberaubender Ausblick über die schneebedeckten Gipfel des Küstengebirges von British Columbia und das endlos leuchtende Grün und Blau davor. Uralte Wälder, durchzogen von einem Gespinst aus Flüssen und Seen. Ein Paradies für Wanderer, Lachsfischer und all diejenigen, die dem hektischen Alltag einer Großstadt wie Vancouver für einige Zeit entkommen wollten. Terrace selbst zählte mittlerweile über dreizehntausend Einwohner und galt als Sammelpunkt für Touristen und Ausflugsunternehmen. Doch im Grunde war es noch immer das verschlafene Dörfchen am Ufer des Skeena River, eingeschlossen von traumhafter Wildnis und vereinzelten Sägewerken der Holzindustrie.

Aber Bakerman, Joyce Kramer und Steven Burns hatten weder Augen für die Schönheit der Natur noch Muße für eine kurze Kaffeepause am Flughafen. Der Anruf von Larry war knapp gewesen, doch die Anwesenheit seines unerwarteten Gastes allein war Grund genug, sämtliche Vorhaben und Pläne augenblicklich auf Eis zu legen.

Unmittelbar nach der Landung stiegen die drei in den bereits wartenden Mietwagen. Bakerman übernahm das Steuer. Er bedeutete Steven und Joyce, auf der Rückbank Platz zu nehmen, wo die beiden das Dossier mit den Initialen L.N. öffneten und, kaum dass der Wagen den Parkplatz verlassen hatte, zu studieren begannen.

»L.N. Luther Niles ...«, murmelte Steven. Noch immer fiel es ihm schwer, sich zu konzentrieren. Die Worte in der Akte verschwammen vor seinen Augen, während seine Erinnerungen an die Begegnungen mit Luther Niles immer stärker zurückkehrten. Sie wussten noch sehr wenig über ihn, nur dass eine unbekannte Gruppierung sich fremdartiger Technologie bedient hatte, um innerhalb kürzester Zeit aus dem Zellmaterial eines Menschen abnorme Züchtungen zu ziehen.

Es hatte viele Exemplare von Luther Niles gegeben.

Jedes hatte dem anderen aufs Haar geglichen, jedes besaß das Wissen seiner Ebenbilder, und doch waren alle Luthers ihrer Menschlichkeit beraubt worden. Gefühlstote Killermaschinen, die gejagt und gemordet hatten, ohne Rücksicht auf das eigene Leben. *Ich bin unsterblich. Ich habe so viele Brüder ...*

Steven erschauderte. Er spürte, wie seine Zähne knirschten, sein Kiefer schmerzte. Um sich zu entspannen, machte er einige Gähnübungen.

Neben ihm blinzelte Joyce Kramer irritiert. »Sind Sie okay?«

»Klar. Nur etwas müde vom Flug.«

»Hmm.« Ihre Aufmerksamkeit versank wieder in den Dokumenten.

Er betrachtete schweigend das Foto des Mannes, das mit einer Heftklammer an den Rand der Mappe gesteckt war. Niles war zu Lebzeiten ein ehemaliger Geheimagent der kanadischen Regierung gewesen, der vor fünfzehn Jahren unter ungeklärten Umständen ermordet worden war. Seine unnatürlichen Nachkommen indes waren erst Jahre später aufgetaucht und hatten in einer sonderbaren Verbindung zueinander gestanden. Weder

Schlaf noch feste Nahrung waren nötig gewesen, um sie am Leben zu halten.

Während eines Einsatzes für Bakerman hatten sich die Wege von Steven Burns und der angeblich letzten Züchtung in der Ukraine gekreuzt. Niles hatte für die Fremden gearbeitet, war von ihnen verändert und zu lebenden Abbildern seiner selbst herangezüchtet worden.

Er musste Dinge gesehen haben, die alles erklären würden. Er kannte die andere Seite, die Welt hinter den Wolframtoren, die Absichten der Fahlen, die Pläne, die in diesem Augenblick irgendwo auf diesem Planeten vorbereitet oder gar schon in die Tat umgesetzt wurden. Er konnte der Schlüssel zu allem sein. Aber in der Ukraine hatte Steven Burns all das noch nicht verstehen können. Die Zusammenhänge waren ihm nicht klar gewesen. Er hatte in Panik und Wut seine Gabe benutzt, um ihren Widersacher mittels bloßer Gedankenkraft verschwinden zu lassen. Und sich so seine beste Chance verbaut, seinen verschollenen Bruder zu finden.

Die Gabe ...

Man hätte Steven einen Zauberer nennen können. Einen Schöpfer und Lenker wahrhaftiger Magie. Aber die Gabe war anders, ganz anders, dunkler und schrecklicher als das, was täglich in Romanen und Esoterikmagazinen niedergeschrieben wurde.

Die Gabe existierte wirklich! Sie öffnete ein Portal, einen Zugang, schuf eine Verbindung zu Dingen und Wesen, die besser ungestört blieben. Was es genau war, das im Verborgenen lauerte, wusste Steven nicht zu sagen. Aber er spürte es, nachts, wenn es kalt wurde.

Obgleich er sich nicht sicher sein konnte, vermutete Steven, dass er Niles in der Ukraine durch seine unheilvolle Gabe auf diese *andere Seite* befördert hatte. In eine Welt aus Schatten und Alpträumen, wo die Fahlen lauerten und wohin auch Stevens vierjähriger Bruder vor vierundzwanzig Jahren verschwunden war.

Niles hatte behauptet zu wissen, wohin die Dinge gelangten, die Steven Burns verschwinden ließ.

Niles war dort gewesen. Und zurückgekehrt.

Welche Antworten würde er ihnen geben können? Welche Offenbarungen?

Welche Hoffnung bestand für Daniel Burns?

»Hey, interessiert Sie gar nicht, was im Dossier steht?«

Steven schreckte auf. »Was? Wie? Doch, doch, ich musste nur gerade an … Wo sind wir eigentlich?«

Äste und Zweige schlugen gegen das Wagendach. Aber Bakerman verlangsamte die Fahrt nicht.

»Wir haben Terrace vor wenigen Minuten hinter uns gelassen. Bis zu Larrys Lodge ist es vielleicht noch eine halbe Stunde.«

Joyce reichte ihm die Akte. »Sie sollten zumindest mal reinschauen. Ich hatte schon auf dem Flug von Vancouver hierher das Vergnügen.«

Sie hatte recht, er musste sich auf die vor ihnen liegende Aufgabe konzentrieren. Luther Niles war gefährlich. Und jedes Detail, das Bakerman über den einstigen Menschen Niles zusammengetragen hatte, konnte von enormer Wichtigkeit sein, um seine Repliken zu begreifen und eventuell zu manipulieren.

Was wollte Niles von ihnen?

Woher kam er nach all den Monaten?

Und welche Gegenleistung würde er für sein Angebot einfordern? Es musste eine bislang noch unausgesprochene Motivation geben, die ihn zu Larry gebracht hatte. Irgendeinen noch unbekannten Deal, den es zu unterzeichnen gab. Steven konnte nur hoffen, dass der Preis nicht mit Blut zu bezahlen war.

»Danke«, war alles, was er sagte.

Die Unterlagen waren nicht sehr umfangreich. Das zusammengetragene Bündel bestand vorwiegend aus leicht vergilbten behördlichen Dokumenten sowie einigen Fotografien. Der biografische Teil war in trockener Beamtensprache formuliert und fasste den Lebensweg des Mannes schlicht und sachlich zusammen.

Steven hielt inne, ließ die einzelnen Sätze kurz sacken und erlaubte seinem Unterbewusstsein, die Lücken in der Historie mit eigenen Vorstellungen und Momentaufnahmen zu füllen.

Doch im Gegensatz zu Bakerman oder Joyce war er nicht an der Vergangenheit des Mannes interessiert, sondern einzig an dessen Wissen und den Möglichkeiten, Daniel zu retten.

Er würde nur ein paar Momente mit dieser Züchtung für sich benötigen. Wenn Niles sich weigerte zu kooperieren, würde er ihn dorthin zurückschicken, von wo er angeblich gekommen war.

Er klappte die Mappe zu und blickte zu Joyce.

»Schon fertig?«

»Mir wird beim Lesen in Fahrzeugen immer so schnell komisch im Bauch.«

»Sie sind genau so ein hoffnungsloser Fall wie Larry.« Sie seufzte. »Soll ich die Fakten kurz für Sie zusammenfassen?«

»Aus ihrem Mund klingt Luthers Geschichte bestimmt nur halb so schlimm«, versuchte Steven zu scherzen. Aber die Anspannung in seiner Stimme ließ sich nicht gänzlich unterdrücken.

»Geburtstag und -ort sind nicht amtlich belegt«, begann Joyce in einem so sachlichen Ton, als hätte sie die Akte auswendig gelernt. Sie schaute aus dem Fenster. »Laut Aussage der Eltern kam der Junge vor zweiundsechzig Jahren irgendwo auf einem Rastplatz zwischen Surrey und Vancouver zur Welt. Die Niles waren landwirtschaftliche Wanderarbeiter, die saisonbedingt ohne festen Wohnsitz durch das Land fuhren. Sie reisten in einem siebeneinhalb Tonnen schweren Wohnmobil, einem Winnebago Brave von neun Meter Länge. Jeder von ihnen besaß ein schmales Bett, eine kleine Kiste zum Aufbewahren persönlicher Habseligkeiten, und eine Aufgabe, um Geld in die Kasse fließen zu lassen.«

»Eine Aufgabe?«

»Um nicht zu verhungern, verdienten die Niles sich ihr Zubrot als fahrende Künstler. Musik, Tanz, Akrobatik.«

»Wie charmant«, murmelte Steven. »Keine Geschwister?«

»Nein, Luther war ein Einzelkind.«

»Die Betonung liegt auf *war* ...«

»In der Tat.« Sie schmunzelte leicht. »Wann immer die Felder bestellt und die Ernten eingeholt waren, zogen die Niles weiter. Edgar Niles war ein geübter Messerwerfer, und seine Frau Dana spielt begleitend auf der Drehorgel. Nach allem, was wir von ehemaligen Bekannten der Familie erfahren konnten, verabscheute der junge Luther die Arbeit als Zielscheibe seines Vaters, liebte aber die Musik aus der Drehorgel, ja tanzte sogar leidenschaftlich gerne dazu.«

»Herzerweichend«, murmelte Steven. »Und wie bringen uns diese Informationen weiter?«

»Als Luther dreizehn wurde, kam es zu einem Unfall. Das KGH hat uns Zugang zu den Akten erlaubt, aus denen wir entnehmen konnten, dass ...«

»Das KGH?«

»Das Kelowna General Hospital. Kelowna? Sagt Ihnen nichts?«

»Doch, doch, natürlich. Liegt am Okanagansee, an einem der größten Weinanbaugebiete in British Columbia. Hat so um die hunderttausend Einwohner, wenn ich mich nicht irre.«

»Sehr gut. Nun, vor neunundvierzig Jahren wurde Luther von seiner Mutter ins Krankenhaus eingeliefert. Er war damals dreizehn. Offenbar hatte Edgar Niles nach anderthalb Flaschen Schnaps nicht mehr so gut geworfen und getroffen, wie zuvor in weniger alkoholisiertem Zustand.«

»Und der Junge hatte ein Messer im Bauch, oder wie darf ich das verstehen?«

»Dana gab dem diensthabenden Chefarzt zu Protokoll, dass Luther schon öfter bei der Arbeit verletzt worden war, doch seine Wunden hatten sich stets sehr schnell geschlossen. Die Eltern waren streng katholisch und hatten Gott für die besondere Heilkraft ihres Jungen verantwortlich gemacht. Bei späteren Untersuchungen in den Folgejahren stellte sich jedoch heraus, dass es weniger göttliches Intervenieren als vielmehr ein Gendefekt war, der dafür sorgte, dass sich die regenerativen Eigenschaften seines Organismus stärker zeigten als bei anderen Menschen. Brandblasen verdorrten innerhalb weniger Stunden, Eiterkrater versiegten beim Zuschauen, und andere oberflächliche Wunden schlossen sich und verkrusteten innerhalb kürzester Zeit.«

»Also war es kein verfehltes Messer gewesen, weswegen seine Mutter mit ihm das KGH aufgesucht hatte?«

»O doch. Sein Vater hatte eine Klinge mitten in den Oberschenkel des Jungen geschleudert. Da Edgar zu diesem Zeitpunkt bereits stark angetrunken gewesen war, hatte er sich geweigert, einen Arzt zu rufen, und auf die Selbstheilungskräfte Luthers verwiesen. Sein Junge wäre von Gott beschützt. Er wäre zu Höherem bestimmt, und ein dämliches Messer im Bein würde ihn bestimmt nicht daran hindern. Die aufgebrachte und entsetzte Menge sah die Lage offensichtlich anders. Es kam zu einer handfesten Auseinandersetzung. Mehrere Männer wollten den blutenden und weinenden Luther losbinden und ins Krankenhaus bringen.

Aber Edgar Niles fühlte sich offenbar in seinem Stolz und in seinem Glauben verletzt. Er begann, seinen Sohn mit dem Messer zu verteidigen, und stach zwei der Männer nieder, bevor er selbst zu Boden gerungen wurde. Dabei schlug er mit dem Kopf so hart auf das Pflaster, dass ein Schädelknochen splitterte. Das Gehirn wurde verletzt, und Edgar verbrachte die nächsten vier Jahre im Wachkoma in einer staatlichen Anstalt, bevor er endlich starb.«

»Und die beiden Niedergestochenen?«

»Überlebten. Aber sechs Monate später wurden beide auf dem Nachhauseweg von der Arbeit Opfer eines Raubüberfalls.«

»Erschossen?«

»Erstochen! Passend, nicht wahr? Der Täter wurde nie gefasst. Aber der zuständige Officer von der Mordkommission tippte auf Selbstjustiz.«

»Luther?«

»Nicht auszuschließen, dass der Junge seinen Vater rächen wollte. Es würde in sein Persönlichkeitsprofil passen. Ein ›erhöhter Sinn für Gerechtigkeit‹ und ›zuweilen fehlende Akzeptanz von Autoritäten‹, so steht es in den psychologischen Analysen des Geheimdienstes.

Doch zurück zum Hospital. Das Messer hatte in der Tat eine Arterie verletzt, und vermutlich wäre Luther gestorben, hätte seine Mutter ihn nicht rechtzeitig ins Krankenhaus gebracht. Sie behandelten ihn mehrere Tage. Die auffälligen Untersuchungsergebnisse sprachen sich herum und weckten die Aufmerksamkeit der lokalen Behörden. Ein Offizier in Uniform trat an Dana heran, während sie am Krankenbett die Hand ihres Sohnes hielt. Die Sorgen um ihren Sohn und der Zustand ihres Mannes hatten sie an den Rand eines Nervenzusammenbruchs getrieben. Dana Niles fasste einen folgenschweren Entschluss. Sie übergab ihr Kind in die Obhut eines Internats des kanadischen Militärs, in dem geeignete Rekruten herangebildet werden sollten. Luthers Selbstheilungskräfte, sein Mut und seine artistischen Fähigkeiten machten ihn zu einem perfekten Kandidaten.«

»Wusste gar nicht, dass unser Militär so gezielt nach ungewöhnlichen Kandidaten sucht?«

Joyce nickte nur. »Dana selbst besaß weder finanzielle Mittel noch verlässliche Familienbande und arbeitete für die restlichen sieben Jahre ihres Lebens als Putzfrau in einem Wall Mart.«

»Und so wurden die Canadian Forces zu Luther Niles' neuer Familie«, resümierte Steven nicht ohne einen Hauch von Ironie in seiner Stimme.

»Er erhielt eine Spezialausbildung, lernte Kampfsport, lernte zu schießen und zu töten. Kanada ist Gründungsmitglied der NATO. Seit 1956 haben unsere Truppen an mehr Friedensmissionen teilgenommen als jede andere Nation auf der Welt. Über sein Privatleben indes ist wenig bekannt. Die Schulung durchlief er mit Auszeichnung und ohne weitere Zwischenfälle.«

»Und dann trat der Geheimdienst an ihn heran?«

»Wie Sie wissen, hatte Pierre Elliot Trudeau, Premierminister von Kanada in den Jahren 1968 bis 1984, im Laufe seiner Amtszeit ein unstillbares Interesse an ungewöhnlichen Phänomenen entwickelt. Er behauptete sogar, ein Ufo gesehen zu haben, und rief schließlich eine Untersuchungskommission für ungeklärte Begebenheiten und Phänomene ins Leben.«

»Die Trudeau-Kommission.«

»Offiziell wurde zwar nie Konkretes entdeckt, aber die Untersuchungen weiteten sich im Laufe der Jahre auch auf andere Bereiche aus.«

Steven sah zu Bakerman, der den Wagen mit stoischem Blick durch die idyllische Wildnis lenkte, als ginge ihn das alles nichts an. Wäre er mit irgendwas in Joyces Schilderungen nicht einverstanden, und sei es auch nur das geringste Detail, hätte er sich eingeschaltet, daran hegte Steven keinerlei Zweifel. Inzwischen waren jenseits der Baumwipfel tiefgraue Wolkenmassen am Himmel aufgezogen, und erste Regentropfen klatschten auf die Windschutzscheibe.

»Die Trudeau-Kommission, richtig. Bakerman wurde zu ihrem Leiter ernannt. Und Luther Niles wurde ihm zugeteilt. Er besaß eine militärische Spezialausbildung, keinerlei familiäre oder private Bindungen und hatte sich durch Entschlossenheit und ausgezeichnete Leistungen empfohlen. Seine Aufgabe war es seinerzeit, für die Sicherheit der Kommissionsmitglieder zu sorgen, unter denen sich auch Wissenschaftler und Zivilisten befanden, die im Waffenhandwerk gänzlich ungeübt waren.«

Bakerman blickte in den Rückspiegel. »Luther arbeitete nur ein Jahr für mich. Dann wurde er versetzt.«

»*Warum* wurde er versetzt?«, fragte Steven.

»Wer für den Befehl letztendlich verantwortlich gewesen war, habe ich nie herausgefunden. Ich nahm zur Kenntnis, dass man ihn wenig später dem Geheimdienst zuteilte und dass er fortan diverse Einsätze in anderen Ländern absolvierte. Nach allem, was wir wissen, starb, das Original, der Mensch Luther Niles, vor fünfzehn

Jahren bei einem Geheimdiensteinsatz in Sapporo, Japan.«

»Er starb, aber er lebte weiter.« Steven schloss die Akte und gab sie an Joyce zurück. Seine Stimme bebte. »Als Züchtungen seiner selbst. Ist das etwa alles, was Ihre Nachforschungen ergeben haben?«

Die Stirn des glatzköpfigen Schotten legte sich in Falten. Seine Augen verengten sich leicht. »Alle niedergeschriebenen Fakten halten Sie in Ihren Händen. Das Weitere wissen wir aus mündlichen Quellen, und deren Wahrheitsgehalt ist leider durch den Lauf der Zeit verwässert worden. Es reihen sich Widersprüche an Widersprüche.«

Joyce legte Steven ihre Hand auf die Schulter. »Kann es sein, dass Sie in Bezug auf Niles emotional voreingenommen sind?«

»Wie kommen Sie denn darauf«, erwiderte Steven schroffer als geplant.

»Nur so ein Gefühl.« Sie nahm die Hand wieder fort.

»Ach ja? Ich frage mich nur, ob es vielleicht doch der echte sein könnte?«

Weder Bakerman noch Joyce Kramer machten Anstalten, darauf zu antworten.

Als der Wagen einer letzten, engen Kurve folgte, regnete es bereits in Strömen. Der schlammige Pfad öffnete sich zu einer Lichtung.

»Da ist die Hütte.« Als Bakerman den Zündschlüssel zog, grummelte in der Ferne Donner wie ein Nachhall des erstorbenen Motors. Die Schatten riesenhafter Redwoods tauchten den moosigen Waldboden in farbloses Grau.

Bakerman prüfte die Sicherung seiner verborgenen Pistole im Ärmel. Dann öffnete er kommentarlos das Handschuhfach und berührte in unregelmäßiger Abfolge einen grauen Schalter, der jedes Mal ein leises Knacken von sich gab. Das war sicher nicht die Standardausstattung eines Mietwagens, dachte Steven Burns und sah zu Joyce Kramer. Doch scheinbar besaß sie ebenso wenig eine Ahnung davon, was da vor sich ging.

Ein paar Sekunden verstrichen, als wie zur Antwort ein langer, einsamer Signalton aus dem Handschuhfach drang.

Bakerman schien zufrieden, schloss die Klappe wieder und drehte sich mit ernster Miene zur Rückbank. »Nur damit Sie wissen, wie wir heute hier verfahren: Wir werden *es* anhören. Wir werden es für unsere Zwecke nutzen. Und dann werden wir es töten.«

3

Die Fensterläden der Hütte waren geschlossen, als Steven hinter den beiden durch das Unwetter hetzte.

Bakermans Faust traf zweimal das Holz. »Machen Sie auf!«

Schon im nächsten Moment öffnete sich die Tür.

»Wo ist er?« Ohne eine Antwort abzuwarten, drängte sich Bakerman an Larry Newman vorbei.

»Eine Freude wie immer, Sie zu sehen«, grinste dieser gezwungen und breitete einladend die Arme aus. »Willkommen in der Casa Newman.«

Joyce und Steven stellten die regenfeuchten Koffer an der Wand ab. Das Donnergrollen des Gewitters verebbte dumpf hinter der geschlossenen Tür.

Bakerman blickte sich mit regungsloser Miene um. »Was sollen die Sprüche? Wo ist Niles?«

»Riechen Sie es nicht?«

»Was soll ich riechen?« Bakerman wirkte zum ersten Mal sichtlich irritiert.

»Er kocht.«

»Er macht *was*?«

»Luther kocht.« Larry Newman konnte sich ein hilfloses Achselzucken nicht verkneifen.

»Nehmen Sie uns auf den Arm?«, fragte Steven. »War Ihnen langweilig? Haben Sie sich die ganze Story etwa ausgedacht, um ein Überraschungs-Barbecue für uns zu organisieren?«

»Wenn ich es Ihnen doch sage …«

Joyce hatte ihre MP gezogen und schritt vorsichtig in Richtung der nur angelehnten Zwischentür zur Küche. Ein würziger Geruch, begleitet vom Geräusch kochenden Wassers, drang durch den Spalt.

Vorsichtig ließ sie die Tür aufschwingen.

»Ah, Sie kommen gerade rechtzeitig. Nur der gehackte Dill und die Petersilie fehlen noch.« Der Mann am Herd drehte sich perfide lächelnd zu ihr um. »Sie mögen doch finnische Lachssuppe? Oder nicht?!«

Joyce' Herz machte einen Satz. »Er ist es.«

»Wen hatten Sie denn erwartet, Ms Kramer?« Luther Niles trug einen schlichten schwarzen Anzug, der ihm das Aussehen einer Agentenkarikatur verlieh. Die orange gepunktete Schürze um seine Hüften und der Kochlöffel in seiner linken Hand bildeten einen geradezu lächerlichen Kontrast.

»Was soll der Unfug mit der Suppe?« Sie hielt die MP weiterhin fest im Anschlag.

Niles ließ den Löffel zweimal im Topf kreisen, sagte aber nichts.

»Wozu das Theater? Ihr Dünndarm und der gesamte Verdauungstrakt wurden auf ein Minimum reduziert. Die Leber ist kaum noch vorhanden. Das alles, um Experiment und Züchtungen leichter zu kontrollieren. Oder täusche ich mich?«

»Ah, der liebe Mister Burns.«

»Ich habe Sie als aufgeschnittene Leiche in einem russischen Gefängnis gesehen. Ein Militärarzt, Doktor Karasyk hieß er, glaube ich, hatte Sie seziert.«

»Nicht mich, nur einen meiner Brüder.«

»Da sehe ich keinen Unterschied. Sie können nur noch flüssige Nahrung aufnehmen. Einen Magen für Babybrei hatte er es genannt.«

»Karasyk, ja ja. Spaßiger Zeitgenosse.« Luther Niles nahm den Topf von der Herdplatte und stellte ihn auf ein Holzbrett. Dann band er die Schürze ab und reckte den Kopf. »Aber wo steckt eigentlich der kleine Mann?«

»Das letzte Mal, als wir uns begegneten, haben Sie mein Büro und sich selbst in die Luft gejagt«, entgegnete Bakerman trocken. Er stand mit verschränkten Armen im Türrahmen.

»Aber, aber, das war einer meiner Brüder. Ihm blieb keine Wahl.« Niles wusch sich die dünnen Finger unter dem Wasserhahn, dann ließ er den kalten Strahl aufreizend langsam versiegen. »Aber wollen wir denn unsere Zeit mit Vorwürfen verbringen? Zugegeben, ich habe mehrfach versucht, Sie alle zu töten. Das will ich gar nicht leugnen. Und Sie wiederum haben mich mehrfach getötet oder zumindest sterben sehen. Belassen wir es dabei.«

»Bevor Sie uns sagen, wie und weshalb Sie zurückgekehrt sind, gibt es Maßnahmen zu treffen.«

»Maßnahmen?«

»So ist es!« Bakerman gab Joyce einen Wink.

Sie holte ein Messgerät aus der Tasche und ließ es zuerst über Luther Niles, dann über Larry Newman und schließlich über die Wände gleiten.

»Hier gibt es keine Wanzen oder versteckte Sprengsätze. Das ist keine Falle«, sagte Niles ruhig, aber bestimmt.

»Überlassen Sie diese Einschätzung bitte mir!«

»Ich habe sogar meine Waffe abgegeben. Als Zeichen meines Vertrauens.«

»Nachdem Sie erst gedroht hatten, mir in den Kopf zu schießen!«, protestierte Larry.

»Alles sauber.«

»Gut. Joyce, setzen Sie die Untersuchung in den

anderen Räumen fort und ebenso draußen.« Bakerman hielt die Arme noch immer vor der Brust verschränkt. »Sie können vertrauen, wem Sie wollen, Niles, aber wir vertrauen Ihnen nicht eine Sekunde.«

Nachdem Joyce Kramer die Küche verlassen hatte, scannte sie Flure und Wohnstube und schließlich das Schlafzimmer. Nirgends schlug der Sensor an. Obwohl es sie hätte erleichtern sollen, verspürte Joyce einen Anflug von Enttäuschung. Sie wartete nur auf den Beweis, dass ein doppeltes Spiel mit ihnen getrieben wurde. Und je länger sich dieser Beweis vor ihnen zu verbergen wusste, desto unruhiger würde sie werden.

Draußen regnete es noch immer. Der Sturm zerrte an den Ästen der Bäume und verfing sich wütend und rauschend im Blätterdach weit über ihrem Kopf.

Sie eilte zum Wagen und öffnete den Kofferraum. Darin lag ein Metallkoffer. Sie entriegelte den Verschluss und berührte in schneller Abfolge die Zahlentastatur.

Das Wasser rann ihr bereits in Strömen in den Kragen und unter dem Mantel die Wirbelsäule entlang.

Im nächsten Moment leuchtete das Display auf, und der Störsender breitete sein elektromagnetisches Störfeld aus. Im Umkreis von zwei Meilen war nun jeglicher Funkverkehr außer Kraft gesetzt.

Zufrieden ließ Joyce die Kofferraumklappe zuschnappen und lief zügig über das aufgeweichte Gras zum Filetierplatz.

Sie untersuchte jeden Zentimeter rings um die Lodge, durchleuchtete Larrys parkenden Landrover und verharrte schließlich mehrere Minuten im Unterholz, frierend, zitternd, bis auf die Haut durchnässt. Sorgsam glitt ihr Blick über die Lichtung, prägte sich ihr Gedächtnis Unebenheiten im Boden und Versteckmöglichkeiten für potentielle Spione ein. Oben in den Wipfeln der Riesenmammutbäume neigten sich die Zweige im Tosen des Unwetters.

Als sie nach einer halben Stunde schließlich wieder in die Hütte trat, hatten Steven, Larry und Bakerman in der Wohnstube Platz genommen.

Luther Niles saß ihnen gegenüber vor dem entzündeten Kamin, isoliert, allein und doch mit dem triumphierenden Ausdruck eines Mannes, der sich überlegen fühlte.

Joyce reichte ein Blick, um sich endgültig zu vergewissern, dass ihm nicht zu trauen war.

»Sie halten mich nicht für einen Menschen«, begann er. »Sie glauben noch immer, der Luther Niles, der ein Jahr für Sie gearbeitet hat, ist tot.« Es schien, als hätte ihn irgendwas an lange begrabene Schmerzen erinnert. »Sie könnten mich an einen Lügendetektor anschließen, aber nach allem, was ich erlebt habe, was ich überlebt und durchgestanden habe … nach alldem wäre so ein Test Verschwendung. Wahrheit und Wahnsinn sind für mich zu einem geworden, nicht länger trennbar.«

Bakerman sagte nichts.

Niles fuhr fort: »Aber Sie irren sich. *Ich* bin das Original. Ich wurde die Jahre über auf der anderen Seite festgehalten. Mein Tod war nur vorgetäuscht. Der Leichnam ersetzt durch eine Kopie.« Er lachte leise, während das Feuer im Kamin hinter ihm den Raum mit Wärme füllte. »Sie werden in meinem Grab nichts mehr finden. Es ist leer. Ich blieb am Leben, *musste* am Leben bleiben, um die Züchtungen zu ermöglichen. Um *bessere* Züchtungen zu ermöglichen. Fortschritt, Evolution, wenn Sie verstehen, was ich meine.«

Steven und Bakerman tauschten einen wissenden Blick.

Auch Larry schien wenig überzeugt zu sein. »Das ist doch Schwachsinn! Wenn Ihre Geschichte stimmt, warum sehen Sie dann noch so aus wie Ihre Leiche auf dem Foto? Sie müssten viel älter sein!«

»Niemand altert auf der anderen Seite. Weder ich, noch meine Kinder …«

»Was für eine andere Seite?« Bakermans Tonfall war scharf.

»*Sie*, Bakerman, haben sich übrigens auch nicht verändert. Interessant, finden Sie nicht?!«

»Was ist mit Ihren Kindern geschehen? Sie sind alle verendet oder?«

»Ja, das sind sie wohl.«

Draußen zuckte ein Blitz und erhellte die künstliche Nacht des verregneten Tages.

Missmutig schüttelte Bakerman den Kopf. »Werden Sie konkret, Niles! Was genau ist geschehen? Wer hat Sie gezüchtet?«

Die schmalen Lippen kräuselten sich amüsiert. »Ich werde Ihnen die Wahrheit über die Fremden erzählen, über die Fahlen, wie sie genannt werden.«

Steven beugte sich vor, und seine Hände hinterließen feuchte Abdrücke auf dem Tisch. »Und was erwarten Sie dafür als Gegenleistung? Wollen Sie überlaufen?«

»Was ich von Ihnen will, werden Sie erst verstehen können, wenn ich Ihnen meine Version der Geschichte erzählt habe. Sie müssen erfahren, was ich erfahren habe. Sonst werden Sie die Wahrheit nicht begreifen!«

»Die Wahrheit?« Larry nahm einen Schluck heißen Tee. »Der Kerl ist doch irre. Hat er selbst gesagt: Wahrheit und Wahnsinn sind eins für ihn.«

»Also schön, Luther«, sagte Bakerman und lehnte sich

zurück. »Erzählen Sie uns Ihre Geschichte. Ihre Wahrheit ...«

Larry kippte den Rest aus seinem Becher ins Feuer und ging kopfschüttelnd in die Küche. »Also ich brauch jetzt was Stärkeres als Tee.«

Funken stoben über den Kaminrost und tanzten für wenige Augenblicke über den Boden.

»Alles begann in Fairlane«, begann Niles, während sein Blick den von Steven Burns fand.

Fairlane ...

Der fahle Ort in den Barren Grounds, weit im Nordosten Kanadas, fernab jeglicher Zivilisation war der Ort, an dem Steven vor zweiunddreißig Jahren von Bakerman gefunden worden war. Ein Kleinkind, ohne Eltern, ohne Herkunft.

»Warum Fairlane?«

Luther Niles' Miene war ohne Spott oder Ironie. »Als wir Sie dort fanden, Steven Burns, war mein Schicksal besiegelt.«

4

»Mein Vater hatte mir immer gesagt, im Leben eines Menschen kommt irgendwann der Moment, an dem er erwacht. Nach seinem Tod hatte ich immer geglaubt, diesen Punkt bereits hinter mir zu haben. Das war ein Irrtum.

Das Erwachen stand mir unmittelbar bevor.

Es war Herbst, vor etwas über dreiunddreißig Jahren. Ich erinnere mich gut, obwohl die Zeit mittlerweile ihre Bedeutung für mich verloren hat. Auf der anderen Seite ticken keine Uhren. Es werden keine Sekunden gezählt. Es gibt nur die ewige Kälte und die ewige Nacht. Aber dazu später ...

Wie gesagt, es war Herbst, und man hatte mich erst kürzlich der Kommission zugeteilt. Wir saßen zu dritt im Wagen. Bakerman als Leiter unserer überschaubaren Truppe und Diane Reeves, eine Medizinerin, die zudem als Expertin für übersinnliche Phänomene galt. Ich war wegen meiner Spezialausbildung ausgewählt worden und für die Sicherheit der Gruppe verantwortlich.

Wir waren unterwegs zu einem der menschenfeindlichsten Orte in Kanada, den Barren Grounds. Hier im einsamen Nordosten war der Herbst nur eine Floskel, denn nach dem kurzen, schlammigen Sommer folgte gleich der Winter, auf dessen Höhepunkt das Land in arktischem Frost erstarrte.

Bakerman saß am Steuer, wie immer. Ihm eilte der

Ruf voraus, ein Kontrollfreak zu sein. Jemand, der nichts und niemandem vertraute. Und sei es nur die Bedienung einer Kupplung oder des Gaspedals. Es kursierte das Gerücht, dass er noch nie einen Bericht geschrieben und seinem Vorgesetzten überreicht hatte, weil er befürchtete, die schriftlichen Notizen könnten irgendwann in die falschen Hände geraten. Das war natürlich Unsinn. Bakerman schrieb Berichte, da war ich mir sicher. Allerdings gab es auch das Gerücht, er habe überhaupt keine weiteren Vorgesetzten und unterstehe bloß noch dem Premierminister persönlich: Pierre Trudeau.

Das war auch der Grund, weshalb die Armee der Kommission und Bakerman im Speziellen misstraute. Einige Zeit später, nach meiner Rückkehr aus Fairlane, sollte ich erfahren, dass der Geheimdienst ebenfalls ein Auge auf ihn und seine Untersuchungen geworfen hatte.

»Diese Kälte ist unerträglich. Können Sie überhaupt noch was erkennen?« Diane Reeves kratzte das Eis von der Innenseite der Frontscheibe. Erfolglos kämpfte die Heizung des Geländewagens gegen die Eisblumen an, die sich immer weiter über das Glas schoben. Vom Tageslicht war kaum mehr als ein matter Schimmer zu sehen. Trotz der zusätzlichen Scheinwerfer auf dem Wagendach war die Sicht in die umherwirbelnden Schneeflocken auf wenige Meter beschränkt.

Ich beobachtete die Wissenschaftlerin, mit ihrer lächerlichen Shapka auf dem Kopf. Eine russische Fellmütze mit Ohrenklappen, die man unterhalb des Kinns zusammenbinden konnte. In Russland wurden sie Uschankas genannt, aber das wusste Reeves mit Sicherheit nicht. Das Fell hatte vermutlich mal einem Kaninchen oder einer Bisamratte gehört. Würde zu ihr passen, dachte ich nur. Zugleich drängte sich mir der

Verdacht auf, dass es vielleicht doch von der Haut eines toten Marders geschnitten worden war und somit aus hochwertigerem Material.

Denn Reeves genoss die besondere Gunst des Ministerpräsidenten. Nur aus diesem Grunde war sie dabei. Und womöglich hatte Trudeau ihr die Mütze als Geschenk mit auf den Weg gegeben. Immerhin war er erst kürzlich aus Osteuropa zurückgekehrt. Ich hatte mich über die Frau schlaugemacht. Hinter vorgehaltener Hand erzählte man sich, dass sie und Trudeau mehr als nur berufliche Interessen teilten. Dabei hätte sie seine Tochter sein können. Reeves war zwei Jahre jünger als ich, und Trudeau ging mittlerweile steil auf die sechzig zu.

Mit einem Satz: Ich konnte Reeves nicht ausstehen. Es war, als würde man ihr Süßigkeiten in den geöffneten Mund werfen, während ich mit wunden Fingern im Dreck danach suchen musste.

Aber nun war sie mit von der Partie, und mir blieb keine Wahl, nicht nur Bakerman, sondern auch dieses naive Püppchen vor möglichen Gefahren zu beschützen.

Das war mein Job. Und ich würde ihn erledigen.

Fairlane war der offizielle Name, aber die meisten, die dort lebten, nannten es nur *At the Butchers*. Es war ein Hochsicherheitsgefängnis, in der eisigen Wildnis Nordkanadas versteckt.

Reeves rieb ihre Fäustlinge aneinander und spielte sich wieder in den Vordergrund: »Ich fasse noch einmal zusammen: Die Verwaltung hat fünf Morde gemeldet. Bei den Opfern handelt es sich um Häftlinge, keiner älter als fünfundzwanzig. Zwei der Täter konnten bereits dingfest gemacht werden und sitzen in Einzelhaft. Sie müssen die Opfer furchtbar zugerichtet haben.«

»Also gibt es mehr als diese beiden?!«, schlussfolgerte Bakerman, die Hände fest um das Steuer geklammert und den Blick ins dichte Schneetreiben gerichtet.

»Offensichtlich.«

Ich verstand noch immer nicht, was wir dort eigentlich sollten, und das gab ich auch zu verstehen. »Vielleicht eine Art Lagerkoller. Wäre doch kein Wunder. Aber was haben wir dort verloren?«

Diane Reeves holte zu einer ihrer lästigen Oberlehrererklärungen aus. »Fairlane wurde 1960 als Hochsicherheitsgefängnis für Schwerstverbrecher errichtet, weitab jeglicher Zivilisation. Die Regierung unter Trudeau will das Gefängnis jetzt auflösen und die Strafgesetzgebung liberalisieren.«

»Und deshalb schickt man uns«, fügte Bakerman hinzu. »Es macht keinen guten Eindruck, dass sich die Gefangenen vor seiner Justizreform gegenseitig umbringen.«

»Unsere Kommission genießt sein unbedingtes Vertrauen.«

Unsere Kommission ... Mir wurde beinahe schlecht bei so viel Überheblichkeit. Wenn überhaupt, dann war es *Bakermans* Kommission, oder vielmehr die des Premierministers.

»Und bekanntlich arbeitet niemand diskreter als wir. Ms Reeves hat einige Recherchen über die Gegend angestellt. Demzufolge hätte man sich keinen ungünstigeren Ort für den Bau des Gefängnisses aussuchen können.«

Ich erwiderte so etwas wie »Interessant« und wandte mich dann wieder der Umgebung hinter der halb zugefrorenen Scheibe zu.

Der Jeep kroch jetzt im Schritttempo über eine schmale Straße. Die Sicht wurde immer schlechter. Dann, mit einem Mal, als hätte jemand einen Schalter umgelegt, war der Sturm vorüber.

Der Anblick ließ mich nach Luft schnappen. Wie eine Wolke funkelnder Diamanten auf tiefschwarzem Samt überzog erst ein sanftes Glimmen den Himmel, dann stiegen vom Horizont weiße Strahlen in die Höhe. Im nächsten Moment durchzogen geisterhafte Lichtbänder das Firmament, schlugen Bögen und warfen Falten wie Seide in dunkelstem Rot und leuchtendem Violett und ergossen sich als kosmischer Farbenrausch in die Lautlosigkeit der Welt.

»Polarlichter«, erklärte Bakerman. »In dieser Gegend keine Seltenheit. Die Korpuskularstrahlen der Sonne bringen die Luftmoleküle in der Atmosphäre zum Leuchten.«

Reeves war wie elektrisiert. »Halten Sie bitte an! Ich würde gerne einige Messungen durchführen.«

Sehr langsam kam der Wagen nach etwa fünfzig Metern zum Stehen. Dann erstarb der Motor. Das bisschen Wärme, das sich im Inneren angesammelt hatte, entwich, als die Frau die Wagentür öffnete, ausstieg und zum Kofferraum eilte. Der faszinierende Anblick der Aurora Borealis wurde durch Reeves rationalen Forscherdrang getrübt.

Wir folgten ihr. Ein eisiger Wind heulte schrill über die endlos scheinende Ebene.

Ich tippte Bakerman auf die Schulter. »Was soll das werden, ich dachte, ihr ist kalt. Geht es um das Polarlicht?«

»Nein. Ms Reeves hat ein Gerät entwickelt …« Er stockte. »Ich glaube, Ms Reeves, Sie können das besser erklären.«

Sie schloss die Kofferraumklappe und hielt einen Koffer in den Händen. »Es lässt sich am ehesten als eine Art Detektor bezeichnen. Ist es Ihnen schon mal passiert, dass Sie irgendwo waren und sich ohne Grund unwohl gefühlt haben?«

Ich dachte kurz nach. »Kann schon sein.«

»Überall auf der Welt existieren Kraftfelder und Energieflüsse, die wir nie oder nur ganz selten wahrnehmen. Negative Energien. Ich habe Messungen in der unmittelbaren Nähe von Mordopfern durchgeführt. Die Ergebnisse waren eindeutig.«

»Und die Messgeräte sind in dem Koffer?« Ich fand die Vorstellung absurd. Es erinnerte mich an diese Science-Fiction-Serien aus dem Fernsehen, in denen Schauspieler mit angeklebten Plastikohren durch Pappkulissen stolperten.

Aber Trudeaus Gespielin war meine Meinung egal. Ich war ja nur der Bodyguard. »Der Rechner benötigt am meisten Platz. Der lässt sich nicht in einem Schuhkarton unterbringen.«

Die Arroganz in ihren Augen ließ mich eine Hand zur Faust ballen. »Wo sollen denn hier Ihre *negativen Energien* herkommen?«, fragte ich mit unverhohlener Skepsis.

»Bei den Indianern gilt dieser Landstrich als unrein. Ein Ort, an dem sich das Böse konzentriert.«

»Und Sie werden das Böse jetzt anpeilen? Das klingt etwas … merkwürdig.«

»Der Premierminister ist von meiner Arbeit jedenfalls sehr angetan.«

Na, davon war ich überzeugt! Wer wusste schon, was Reeves mit ihrem komischen Messgerät bei ihm sonst noch so anpeilte?! Ich winkte ab. »Na ja, Trudeau …«

Schließlich war es Bakerman, der unser kleines Scharmützel unterbrach. »Sie sind erst kurze Zeit bei uns, Mister Niles. Es mangelt Ihnen noch etwas an … Phantasie.«

Zu diesem Zeitpunkt fiel es mir noch äußerst schwer, seine Aussage zu verstehen. Aber das sollte sich ändern. Innerhalb weniger Stunden …

Das Messgerät begann auszuschlagen und zu piepen.

Diane Reeves war für einen Augenblick in ihrer Überheblichkeit erschüttert. Ein Schatten legte sich über ihr Gesicht. »Sehen Sie sich diese Werte an.«

Ob es das Polarlicht war oder doch eine negative Energie, die rund um Fairlane die Barren Grounds erfüllte, wusste keiner der beiden mit Bestimmtheit zu sagen. Dennoch gaben die Angaben auf dem Messgerät ihnen anscheinend Grund zur Sorge.

Wir setzten unsere Fahrt rasch und schweigend fort. Der Schneesturm war weitergezogen, und wir kamen nun schneller voran.

Irgendwann hielten wir auf einer Anhöhe. Eigentlich hätte vor uns das breite, dahinrauschende Band des Meadow River liegen müssen, aber die Wasseroberfläche war komplett zu Eis erstarrt, und eine unberührte Schneedecke lag wie weißer Flaum auf ihr. Es würde monatelang so bleiben.

Der Karte nach gab es flussaufwärts eine Brücke.

Fairlane war nah.

Ich wollte es mir anfangs nicht eingestehen, aber allmählich spürte auch ich, wie eine dunkle Vorahnung von meinem Geist Besitz ergriff. Reeves hatte gesagt, die Indianer empfanden die Gegend als unrein, sie sprach von dem Bösen. Mit solchen Begriffen war ich aufgewachsen. Meine Eltern, streng katholisch, hatten zwischen Gut und Böse, Reinheit und Schande immer klare Trennlinien gezogen. Mir widerstrebte diese Weltsicht, für mich war alles grau, mit kleineren Abstufungen hier und da. Die Märchen von Gut und Böse hatte sich jemand ausgedacht, um kleine Kinder mundtot zu machen und rechtzeitig ins Bett zu schaffen. Aber als sich der Himmel über uns in scharlachrotes Glühen verwandelte und in der Ferne die Brücke auftauchte, da fühlte ich einen Schauer meinen Nacken hinabsickern. Einen Schauer, der einfach nicht verebben wollte.

Die Brücke war auf beiden Seiten durch Stacheldraht und schwere Gittertore gesichert. Und in der Mitte durch meterhohe Betonbarrieren blockiert. Von einem Wachturm auf unserer Seite des Flusses richtete sich ein greller Scheinwerfer auf den Jeep. »Langsam aussteigen! Alle!«, hallte es durch ein Megaphon.

Wir folgten dem Aufruf, ich zuerst, dann Bakerman und Reeves als Letzte.

Ich starrte hinauf zum Turm. Das Licht blendete, der Wachmann war nirgends auszumachen. »Wir sind von der Regierung!«, rief ich.

»Hände hinter den Kopf!«, kam es blechern zur Antwort.

Bakerman trat an meine Seite. »Tun Sie, was er sagt, Niles!«

Der sanfte Druck meiner Pistole im Halfter beruhigte mich ein wenig. Ich wusste, ich war bereit, sollte die Situation eskalieren. Aber er war der Boss. Also akzeptierte ich seine Anweisung. Vorerst.

Ein Mann in Uniform näherte sich aus Richtung der Betonbarrieren. Er schien unbewaffnet, aber es bestand kein Zweifel, dass vom Turm mehrere Gewehrläufe auf uns gerichtet waren. »Wer sind Sie?«

»Mein Name ist Bakerman, Sonderkommission des Premierministers. In der Jackentasche ist mein Ausweis.«

Der Mann schien nicht überzeugt. »Ganz langsam rausholen!«

Mir wurde es allmählich zu kalt hier draußen. »Wir waren angemeldet!«

»Aha. So, so, in Ordnung, Sir. Entschuldigen Sie, aber hier geht es drunter und drüber. Ich bin Ben Tavera, Schichtleiter des Brückenpersonals.«

Bakerman ließ den Ausweis wieder unter seiner Jacke verschwinden. »Warum ist die Brücke gesperrt?«

»Wir haben höchste Alarmstufe. Die Gefängnisleitung hat den Befehl gegeben, die Betonbarrieren zu installieren.«

Ben Tavera berichtete, dass es in Fairlane einen Gefangenenaufstand gegeben hatte. Durch die Sperrung der Brücke kam niemand mehr rein oder raus. Anscheinend störte das Polarlicht sogar den Funkverkehr. Seit Stunden wartete er auf Nachricht zweier Kollegen, Deacon und Gillan, die sich noch immer in Fairlane aufhielten und dort nach dem Rechten schauen sollten.

Bakerman wollte sich mit eigenen Augen einen Überblick verschaffen. Tavera versuchte gar nicht erst, es ihm auszureden, denn der Glatzkopf vor ihm war zweifellos der Ranghöhere. Allerdings ließ uns der Mann vom Brückenpersonal wissen, dass eine Demontierung der Barrieren mehrere Stunden in Anspruch nehmen würde. Wir waren also gezwungen, den Wagen stehenzulassen.

»Was ist mit meiner Ausrüstung?«, empörte sich Diane Reeves, die bis dahin kein Wort verloren hatte.

Beim Gedanken an marodierende Gefangenenhorden und gewaltbereite Schwerverbrecher schüttelte ich angesichts solcher Beschränktheit nur den Kopf. »Damit können wir uns nicht abschleppen.«

»Der Premierminister hat meine Arbeit als vorrangig eingestuft. Vergessen Sie das nicht, Mister Niles!«

Bevor jemand etwas sagen konnte, deutete Reeves

auf den zugefrorenen Fluss. »Trägt die Eisdecke den Jeep?«

Tavera kniff die Augen zusammen. »Hm, möglich. Aber ich an würde das lieber nicht riskieren.«

Reeves' entschlossene Haltung schien Bakerman ins Wanken zu bringen. Anscheinend waren ihre geplanten Messungen Teil des Deals, den Trudeau mit ihm ausgehandelt hatte. Also befahl er, den Elektrozaun abzuschalten und uns zu begleiten. Wir würden versuchen, mit dem Jeep den Meadow River zu überqueren.

Reeves hatte sich durchgesetzt. Möglicherweise war es aber auch ihre besondere Beziehung zu Trudeau, die Bakerman hatte einknicken lassen. Oder er hielt ihre Messgeräte tatsächlich für unentbehrlich. Dass sie es nicht waren, unentbehrlich, erfuhren wir recht schnell, nachdem die Eisdecke unter dem Gewicht des Jeeps eingebrochen war und wir uns in letzter Not und mit mehr Glück als Verstand ans andere Ufer retteten.

Mich überraschte das nicht, aber ich zog es vor, zu schweigen. Der ominöse Koffer von Diane Reeves versank auf dem Grund des Flusses. Ich weinte ihm keine Träne nach und hoffte, dass unsere Begleiterin nun weniger quatschen würde.

Fairlane, oder *At the Butchers,* war ein gewaltiger, kantiger Klotz aus grauem Beton. Die Anlage erinnerte an eine mittelalterliche Festung. Doch der einzige Herr über diese Festung war die Stille.

Keine Menschenseele war zu sehen.

Mehrere Häuser schmiegten sich unscheinbar an die hohen Mauern. Ben Tavera, noch immer zittrig vom Beinahe-Tod unter der Eisdecke des Meadow River, gab uns zu verstehen, dass dort das Wachpersonal untergebracht war. Aufgrund der abgeschiedenen Lage des Gefängnisses war es den Männern gestattet worden, ihre

Frauen ebenfalls hier wohnen zu lassen, Kinder hingegen nicht.

Tavera machte einfach keine gute Figur. Er hatte Angst. Große Angst. Immer wieder schweifte sein Blick zurück über die verriegelte Brücke zum Wachturm und der Straße jenseits des zugefrorenen Flussbettes. Ich konnte es ihm nicht verdenken. Der Mann war kein Soldat, sondern nur ein Zivilist. Mit anderen Worten, er war Futter für die kaltblütigen Mörder, die vermutlich irgendwo in den Häusern oder hinter den Mauern auf uns warteten.

Wir durchsuchten die ersten Gebäude. Selbst in den Häusern, in denen noch Licht brannte, war kein Lebenszeichen zu entdecken. Fairlane war wie ausgestorben.

»Vielleicht wurden alle evakuiert«, wunderte sich Diane Reeves.

Aber der Gedanke war natürlich Unfug. Im Süden gab es die Brücke, im Norden nur die lebensfeindliche Einöde und den Permafrost. Außerdem hatten Taveras Leute die Umgebung im Blick. Niemand hatte diesen Ort verlassen.

Und das gefiel mir nicht …

Bakerman trat vor und hielt Tavera und Reeves zurück. Je weiter wir vordrangen, desto wahrscheinlicher war es, dass wir auf jemanden stoßen würden.

Also übernahmen wir zu zweit die nächsten Häuser.

Die Tür schwang quietschend auf, die Scharniere von Kälte und Zeit zerfressen.

»Ich sehe im oberen Stockwerk nach«, sagte ich.

Er war einverstanden und übernahm das Erdgeschoss.

Die Treppenstufen bestanden aus rauem Stein. Der dünne Teppich, der sie bedeckte, war an den Kanten aufgefranst. Das Erste, was ich im Obergeschoss bemerkte, waren die Flecken auf dem Boden. Eine Spur wie von vergossener Milch. Nur nicht weiß, sondern rostfarben. Ich folgte den Verfärbungen in das Schlafzimmer. In einem messingverzierten Bilderrahmen lächelten ein Mann und eine Frau in Shorts und T-Shirt. Dem sonnigen Hintergrund nach war das Foto irgendwo in Florida oder einem ähnlichen Touristenparadies aufgenommen worden. Die einzige Gemeinsamkeit, die die Frau im Bild mit dem zusammengekrümmten Körper auf dem Boden noch besaß, war die Halskette, an deren Ende ein Anhänger in Form eines silbernen Hirsches zu sehen war.

»Mister Bakerman!«

Ich beugte mich über die Leiche. Die zerrissene Kleidung verwies zuerst auf ein wildes Tier, das über die Frau hergefallen war. Dann sah ich, dass es sich nicht um Bissspuren oder Klauen handelte, die für die Wunden verantwortlich waren, sondern um Schnitte eines spitzen Gegenstandes, eines Messers oder eines Werkzeuges. Mir wurde übel. Was der jungen Frau angetan worden war, ließ sich nicht in Worte fassen. Ihr geschundener Körper und der aufgeplatzte Kopf hatten Organe und Gehirnmasse freigelegt. Die eisige Kälte der Barren Grounds hatte sich ihren Weg durch die gesplitterte Fensterscheibe gebahnt und den rotgelben Brei zu harten Klumpen trocknen lassen.

Als Bakerman mir die Hand auf die Schulter legte, wurde mir bewusst, dass ich vor Erregung und Hass zu zittern begonnen hatte. »Nehmen wir an, es ist hier tatsächlich zu einer Meuterei gekommen. Warum aber sollte jemand so etwas tun?«

Ich riss mich zusammen, kontrollierte meine Atmung und richtete mich auf. Schnell übernahm meine geschulte Professionalität wieder die Kontrolle. »In dem

Knast gibt's eine Menge Psychopathen. Die meisten sind zu allem fähig. Aber dafür werden sie bezahlen. Ich scheiß auf Trudeaus Justizreformen!«

Bakermans einzige Reaktion war das Zucken einer Augenbraue. Es wirkte fast wie einstudiert. »Wir wissen noch nicht, was hier vorgefallen ist.«

»Sehen Sie sich die Frau an, reicht Ihnen das nicht?«

Von unten vernahmen wir Schritte. Jemand war uns gefolgt.

»Alles in Ordnung?« Es war Diane Reeves.

»Nein!«, schrie ich aufgebracht.

Wir verließen das Schlafzimmer und fanden Reeves und Tavera am Ende der Treppe.

Bakerman nahm die Medizinerin zur Seite. »Ms Reeves, dort oben liegt die Leiche einer Frau mit üblen Kopfverletzungen.«

Tavera wich erschrocken einen Schritt zurück. »Das ist das Haus von Lyndon Wilcox. Mein Gott, das muss Emily sein, seine Frau.«

Im nächsten Haus fanden wir die zweite Leiche.

Wieder konnte Ben Tavera die Identität aufklären. Jacob Pallet, ein weiterer Wachmann. Die Haut des Toten war dunkel verfärbt, der Körper aufgedunsen. Die Verwesung war weit fortgeschritten, was darauf schließen ließ, dass er schon mehrere Tage tot war. Im Gegensatz zu Emily Wilcox zeigte dieser Körper jedoch keine Anzeichen von Gewaltanwendung. Von den Schultern abwärts war die Haut der Leiche von violetten Linien überzogen. Wie ein Ausschlag …

Was ging hier vor?

Dann hörten wir es. Ein leises Scharren aus dem Nebenraum.

Bakerman hatte seine Waffe gezogen und bedeutete

mir, ihm zu folgen. Vorsichtig gaben wir uns gegenseitig Deckung und pirschten voran. Der schmale Flur endete nach drei Metern an einer geschlossenen Tür. Ich stieß sie auf.

Ein unterdrücktes Keuchen, dann ein Schluchzen.

Es drang aus dem einzigen Möbelstück im Raum, das groß genug war, einen Menschen zu verbergen. Als ich den Schrank öffnete, schrie das Mädchen, als hätte ich ihre Finger in kochend heißes Wasser getaucht.

»Ruhig! Wir wollen dir helfen.«

»Nein! Nein!«, war alles, was das zierliche Mädchen kreischend von sich gab.

Erst als wir die Waffen sinken ließen und Tavera und Reeves zu uns ins Zimmer kamen, versiegte ihre Panik zu einem monotonen Wimmern.

»Das ist Melanie, Jacobs Tochter«, stammelte Tavera.

Reeves kniete sich vor den Schrank und strich dem Mädchen die Haare aus dem Gesicht. Ihre Bluse war von Blut durchtränkt, die schwarzen Locken an mehreren Stellen rausgerissen, die Kopfhaut darunter verletzt. Tiefe Schnittwunden im Nacken- und im Schädelbereich ließen Melanie vor Schmerzen aufstöhnen.

Ich packte Tavera am Arm. »Sagten Sie nicht, dass es in Fairlane keine Kinder gibt?«

Die Furcht in seinem Blick war echt. »Melanie ist nur zu Besuch.«

Reeves wandte sich mit ernster Miene zu uns um. »Das Mädchen hat viel Blut verloren.«

Der Leiter des Brückenpersonals löste sich aus meinem gelockerten Griff und lenkte seine Schritte rasch zur Tür. »Auf der anderen Straßenseite gibt es eine Sanitätsstation.«

Wir verließen das Haus und fanden auf dem Asphalt keine zwanzig Meter entfernt weitere Leichen. Die Haut der beiden Männer war ebenfalls angeschwollen und unterhalb der Schultern eigenartig marmoriert.

Wir ließen sie einfach liegen.

In der Sanitätsstation versorgten wir Melanie, aber das Mädchen war schwach und blass und kaum noch bei Bewusstsein. Sie brachte kein Wort mehr heraus, konnte uns nicht sagen, wer ihr das angetan hatte.

Während wir noch debattierten, gelang es Ben Tavera, über das Funkgerät der Sanitätsstation die Militärbasis in White Hills zu erreichen. Die Verbindung war schlecht, aber er hoffte, dass sein Notruf verständlich aufgefangen worden war.

Bakerman warf einen flüchtigen Blick auf seine Armbanduhr. »Trauen Sie es sich zu, einen Moment allein bei dem Mädchen zu bleiben?«

Diane Reeves nickte.

»Verriegeln Sie die Tür hinter uns!«

Wir ließen die Sanitätsstation und die Häuser des Personals hinter uns und traten in den Schatten der hohen Betonmauern. Alle elektrischen Sicherheitsanlagen waren ausgeschaltet oder ausgefallen. Das stählerne Eingangstor des Gefängnisses stand halb offen. Wir betraten den Innenhof, jeden Augenblick darauf gefasst, überrascht und attackiert zu werden.

Aber der Empfang, der uns bereitet wurde, war ein gänzlich anderer. Wie ein schrilles Klagelied fegte der Herbstwind über die vielen Körper, deren vereiste Gliedmaßen krumm und leblos aus der zentimeterdicken Schneedecke ragten.

»Herr im Himmel! Sie sind alle tot«, hauchte Tavera entsetzt.

Es waren Dutzende. Häftlinge und Wachleute gleichermaßen.

»Vielleicht haben sie die Pest oder so was.«

Bakerman verwarf den Gedanken. »Selbst die Pest tötet nicht in solch kurzer Zeit.«

»Ich weiß nicht. Ich ... Mir ist heiß. Ich hab mich angesteckt!«

Ich erkannte den aufkeimenden Wahnsinn in Taveras Stimme. »Reden Sie keinen Unsinn!«

Dennoch überprüften wir unsere Haut. Aber alles war okay.

Keine Verfärbungen.

Bakerman ging vor einer Leiche in die Hocke. »Sehen Sie sich den armen Kerl hier an. Sein Kopf ...«

Während unser Begleiter im Hintergrund zu würgen begann, erkannte ich ein erstes Muster im Opferprofil. »Der ist höchstens Mitte zwanzig. Die fünf Toten, wegen denen man uns hierhergeschickt hat – die waren ebenfalls sehr jung.«

»Tavera«, rief Bakerman. »Wissen Sie, auf welche Weise diese fünf getötet wurden?«

Der Mann wischte sich zitternd über den Mund. »Man hatte ihnen die Schädel eingeschlagen. Mit einem Schraubenzieher oder so.«

»Genau wie der jungen Frau«, knüpfte ich die Verbindung. »Die Älteren scheinen einfach so krepiert zu sein.«

Er starrte mich ungläubig an. »Warum werden nur junge Leute angegriffen? Warum schlägt man ihnen die Schädel ein?«

Damals hatten wir auf diese Frage keine Antwort. Es mangele mir an Phantasie, hatte Bakerman zuvor behauptet, als Reeves auf dem Hinweg über negativen Schwingungen gefaselt hatte. Und er hatte recht gehabt.

Die Wahrheit, die sich mir Jahre später offenbarte, war

so einleuchtend wie schrecklich. Die Älteren in Fairlane waren durch einen Eindringling mit einer fremdartigen Krankheit infiziert worden. Die Infizierten reagierten auf den hohen Ausstoß von Melatonin in den Organismen der Jüngeren. Sie wurden davon angelockt und um den Verstand gebracht. Es ist ein simples Hormon aus dem Zwischenhirn, genauer gesagt der Zirbeldrüse. Ich bin kein Arzt, aber ich weiß, dass dieses Hormon den Biorhythmus regelt und den Prozess des Alterns behindert, jedoch nur solange der Mensch noch jung ist, bis fünfundzwanzig ungefähr.

Die Älteren, die Infizierten, wurden für das Melatonin in den Jüngeren extrem sensibilisiert, konnten es wittern und verfielen dem Zwang, es … freizulegen. Mit Gewalt. Der Grund für das Massaker.

Wir verließen den Innenhof und betraten die verwaisten Gänge. Angespannt lauschten wir dem Nachhall unserer Schritte, je tiefer wir in *At the Butchers* vordrangen. Auf den Fluren und in den Zellen fanden wir weitere Leichen.

Ein Scheppern von Geschirr ließ uns aufhorchen, lenkte uns durch die Stationen und letztendlich in die Küche. Jemand hatte in einem Anfall von Raserei die Neonröhren unter der Decke zerschlagen. Die aufgedunsene Leiche eines Kochs lag zwischen Gemüsekonserven. Wir schlichen weiter, die Waffen schussbereit.

Bis wir den Jungen fanden …

Ein Kind, nicht älter als zwei Jahre, starrte uns zwischen umgefallenen Töpfen entgegen.

Bakerman sah ihn zuerst. »Tavera, haben Sie eine Ahnung, wie das Kind hierherkommt? Ist das etwa auch auf Besuch?«

»Den Jungen habe ich noch nie gesehen«, keuchte der Mann. Sein Zustand wurde mit jedem Atemzug beunruhigender. Er war einer Panik gefährlich nah. Am liebsten hätte ich ihn zurückgeschickt, aber seine Kenntnis der Anlage war unverzichtbar.

Natürlich war das Kind nicht krank. Es war noch zu jung. Und es war der Eindringling. Der Erreger. Unwissend zwar, aber nicht unschuldig.

Wir brachten den Kleinen auf direktem Wege zurück zur Sanitätsstation, wo Reeves auf Melanie aufpassen sollte.

Aber sie öffnete nicht, reagierte weder auf unser Klopfen noch auf unsere Rufe.

»Brechen Sie die Tür auf!«, befahl Bakerman.

Ich tat es.

Reeves lag von einer Kugel niedergestreckt auf dem Boden. Wir hatten den Schuss nicht gehört, hatten ihr Sterben nicht verhindern können, und doch wussten wir, dass Blut an unseren Händen klebte. Vor allem an meinen. Ich war für die Sicherheit zuständig gewesen. Ich hatte eine Zivilistin ohne Waffe zurückgelassen, trotz der Gewissheit, dass psychopathische Killer umherstreiften. Ich hatte die Frau nicht leiden können, aber das war keine Entschuldigung für meine Nachlässigkeit. Ich hatte versagt. Der Schmerz der Enttäuschung über meinen Fehler war größer als der des Verlusts.

»Ich … hätte sie nicht allein lassen dürfen«, murmelte Bakerman und nahm mir damit die Worte aus dem Mund.

Erst jetzt begriff ich, dass Melanie verschwunden war!

»Jemand hat die Fensterscheibe eingeschlagen! Hier sind Fußspuren … Der Mistkerl muss das Mädchen mitgenommen haben!«

»Folgen Sie den Spuren!« rief Bakerman. »Tavera soll Sie begleiten.«

Er schloss die Tür hinter uns und blieb mit dem Jungen zurück beim Funkgerät. Wir alle hofften auf die baldige Ankunft der Transporthubschrauber und Quarantäne-Einheiten. Wir hofften auf Rettung, bevor die Krankheit oder der Wahnsinn, bevor das Böse, das an diesem Ort herrschte, auch von uns Besitz ergreifen konnte.

Wir folgten den Blutspuren des Mädchens durch den Hof. Im hellen Schnee leuchtete das Blut wie Himbeersaft. Wut und Rachegefühle drohten mich zu übermannen, aber ich musste nicht lang auf den Mistkerl warten, auch wenn Tavera ihn vor mir sah. »Ja, da ist der Kerl! Ich kann ihn sehen. Das Mädchen liegt auf dem Boden.«

Es war Deacon, einer seiner Männer, die er vorausgeschickt hatte. Der Kerl war völlig ausgerastet, seine Stimme überschlug sich, und seine Haut war verfärbt wie bei den anderen. Begierig roch er an Melanies Haar, saugte die Luft ein, die den entblößten Schädel des Mädchens umgab, dort wo sein Messer die Kopfhaut freigelegt hatte. »Sie ist jung. Riechst du es nicht?«

»Deacon, du? Was hast du gemacht? Du hast sie ... umgebracht.«

Die furchtbare Kälte Fairlanes griff auf mich über. Ich fühlte mich nicht anders als damals, als ich die zwei Schweine abgestochen hatte, die meinen Vater ins Koma getreten hatten. Ich fühlte mich im Recht. »Hier, Deacon, das ist für Melanie!«

Die beiden Kugeln trafen ihn direkt in die Stirn.

Der Geruch der entladenen Pistole kroch mir in die Nase. Ich nahm ihn in mich auf wie würzigen Weihrauch zur Weihnachtspredigt. »Ich will nicht, dass das Mädchen hier so liegen bleibt. Fassen Sie mit an.«

Aber Tavera reagierte nicht. Entgeistert starrte er an

mir vorbei. »Sehen Sie das auch? Auf dem Dach. Was ist das? Ein … ein Vogel.«

Wie ein unwirklicher Schattenriss hob sich das Wesen vor dem bleichen Himmel ab. »Es ist riesig.«

Im Leben eines jeden Menschen kommt irgendwann der Moment, in dem er erwacht. Dies war mein Moment.

Ein unmenschliches Brüllen legte sich über die Stille. Die mächtigen Schwingen der Kreatur breiteten sich aus. Brennende Augen durchbohrten uns mit ihrem starren Blick, Speichelstränge tropften vom Kiefer.

Dann explodierten die Scheiben. Das Holzdach zerfetzte unter den Krallen, und mit brutaler Geschmeidigkeit glitt die Kreatur ins Gebäude, hinab zu Bakerman und dem kleinen Jungen.

Alles, was wir hörten, waren die Schreie …

… dann war der Graue Engel verschwunden.

Gelähmt, verstört, unfähig, das Erlebte zu begreifen, zu verarbeiten, zu akzeptieren, standen wir minutenlang im Innenhof.

Bis Bakerman mit dem Kleinen im Arm herauskam. Das Kind schlief, friedlich, unbekümmert. Etwas Blut rann aus seinem rechten Nasenloch.

Das langsam ansteigende Rauschen der sich nähernden Helikopter aus White Hills nahmen wir kaum noch wahr.

Zurück in Vancouver, schrieb ich meinen Bericht. Ich hatte gehört, dass der Zweijährige in eine Pflegefamilie gegeben worden war, und hielt das Thema für erledigt. Der Tod von Diane Reeves wurde ebenfalls zu einer Randnotiz in den Akten. *Gestorben in Erfüllung ihrer Pflicht.* Ich fragte mich, ob der Premierminister dies ebenso beurteilte und ob ihr Tod Konsequenzen für

Bakerman und die Kommission haben würde. Vielleicht würde man ihn zum Rapport bestellen, ihn fortan überwachen lassen, der Kommission die Gelder kürzen oder gar in Erwägung ziehen, Bakerman als Leiter zu ersetzen …

Ich fand es nie heraus. Ich hatte eigene Probleme. Alpträume, Tagträume, Halluzinationen, der Anblick des Grauen Engels ließ mich nicht mehr los. Für mich sollte die Mission Konsequenzen haben, weitreichender und schrecklicher, als irgendein Mensch es sich hätte vorstellen können.

Monate später versetzte man mich.

Meine dritte Anstellung in Diensten der Regierung innerhalb weniger Jahre. Erst die Armee, dann die Kommission, nun der Geheimdienst.

Mir war es gleich, man gab mir neue Aufträge, ich bekam neue Vorgesetzte, auf die es zu hören galt, aber das Prinzip blieb dasselbe. Anpassen, lernen, gehorchen, ausführen.

Ich konnte nicht ahnen, dass die Versetzung kein Zufall gewesen war. Mein Bericht über die Ereignisse in Fairlane war aufgrund seiner unglaublichen Beobachtungen in eine Sonderakte gewandert und wurde unter Verschluss gehalten. Was nicht hieß, dass man ihn in gewissen Regierungskreisen nicht zu lesen bekommen hatte. Während ich also begann, mich innerhalb der Geheimdiensthierarchie nach oben zu arbeiten, behielt ein Mann mich im Auge. Er wurde mein Förderer im Verborgenen, ermöglichte mir den Aufstieg und die Ausbildung, die er für geeignet hielt. Offiziell gehörte er der Behörde nicht an, aber ich traf ihn im Laufe der Jahre immer öfter im Büro meines eigentlichen Chefs, eines dicken, uninspirierten Egomanen mit lauter Stimme, aber ohne Rückgrat.

Meinem Förderer gefiel mein entschlossener Werdegang, und noch mehr sagte ihm zu, dass ich über gewisse Dinge Bescheid wusste und sie scheinbar verarbeitet hatte. Insbesondere Fairlane, die fahle Aura dieses Ortes, die fremde Krankheit, und … den Grauen Engel. Ich kämpfte erbittert gegen meine inneren Dämonen, aber ich zerbrach nicht an ihnen. Das imponierte ihm.

Je öfter wir sprachen, desto stärker wurde meine Überzeugung, dass die geflügelte Kreatur auf dem Dach nach etwas Speziellem gesucht hatte. Als hätte das Wesen den Auftrag gehabt, jemanden zu finden, zu töten oder … *zurückzubringen*.

Er stellte mir immer wieder neue Fragen, brachte mich dazu, die Geschichte immer und immer wieder zu erzählen, so dass er alles bis ins letzte Detail verstehen konnte. Er erkundigte sich auch nach dem Jungen, den Bakerman in seine Obhut genommen hatte. Aber eher verhalten. Als fürchtete er zugleich die Wahrheit, die hinter allem stecken konnte. Mir schien es oft so, als würde er mehr nach Bestätigungen suchen als nach Offenbarungen.

Mein Förderer folgte einem Plan, dem *Großen Plan*, wie er es einmal versonnen nannte. Und seit diesem Tag ahnte ich, dass er selbst auch nur den Befehlen anderer gehorchte.

Zwar ehrte mich sein Vertrauen, und ich fühlte mich und meine Fähigkeiten anerkannt und meine Ambitionen bestärkt. Doch irgendwann dämmerte mir, dass ich nicht nur ein guter Agent war, nicht nur ein helles Köpfchen und ein Mensch mit einem extrem regenerativen Metabolismus. Nein, ich erkannte, dass ich in seinem Plan eine ganz besondere Rolle einnehmen sollte. Ich war geeignet, um zu einer willenlosen, unaufhaltsamen, reproduzierbaren Waffe zu werden. Er wollte mich für seine Zwecke benutzen, meinen Körper, meinen Verstand, meine Erfahrungen und meine Fähigkeiten.

Er hatte alles in die Wege geleitet. Und als ich dies begriff, war es bereits zu spät. Er ließ mich nicht mehr gehen.

Sein Name war Amintore Fink.«

5

Niles war verstummt. Sein abwesender Blick, von mattem Glanz überzogen, verlor sich hinter Steven, Larry, Bakerman und Joyce an der Holzwand der Hütte. Es war, als hätte er eine Erinnerung angezapft und dabei seine Umgebung vollkommen vergessen. Nicht ein einziges Mal hatte er Bakerman angeschaut, so als ob dieser nicht derselbe Mann gewesen wäre, der ihn vor über dreiunddreißig Jahren begleitet hatte. Er hatte von ihm gesprochen wie von jemandem, den niemand im Raum kannte.

Keiner der Anwesenden hatte Luther Niles während seiner Schilderungen unterbrochen. Im Kaminfeuer verging ein Holzscheit zu glühender Asche, und es zischte kurz auf.

Larry erhob sich als Erster. Er öffnete die Fensterläden, um frische Luft in den Raum zu lassen. Draußen war das Unwetter vorbeigezogen. Vereinzelt fielen noch Wassertropfen von den Zweigen der umstehenden Bäume. Larry murmelte so was wie »brauch jetzt einen Kaffee« und verschwand in der Küche.

Steven blickte ihm nach, während Bakerman und Joyce ein paar leise Worte wechselten.

Ich war der kleine Junge in Fairlane, dachte Steven Burns.

Ich war es …

Bakerman hatte es ihm erklärt, aber er fragte sich

insgeheim, wie die anderen im Team über ihn und die Geschichte aus Fairlane urteilten. Betrachten sie ihn weiterhin als einen vertrauenswürdigen Kollegen, einen Freund, einen Menschen? Was war er für sie? Ein Freak? Eine Anomalie? Oder eine Bedrohung?

Vor nicht allzu langer Zeit hatte er noch als erfolgloser Schriftsteller und als vom Leben enttäuschter Taxifahrer seine einsamen Kreise durch Vancouver gezogen. Zynismus und Selbstmitleid waren seine engsten Kumpel gewesen. Aber diese Tage gehörten einer unwiderruflichen Vergangenheit an. Er war jetzt Teil eines Teams, das einander bedingungslos vertrauen musste, wenn sie gegen ihre Feinde bestehen wollten. Sie alle hatten ihre Geheimnisse, keine Frage, nur konnte es nicht schaden, wenn man die eigenen dunklen Seiten kannte und verstand.

Steven Burns bezweifelte, dass er jemals Frieden schließen würde mit den Dingen, die er nach und nach über sich und seine Herkunft erfuhr. Und wenn nicht einmal er es vermochte, wie sollten es dann seine Freunde können?

Er wusste, er hatte die Krankheit eingeschleppt, die damals in Fairlane die Älteren infiziert und zu Mördern hatte werden lassen. Es hätte vermutlich eine Katastrophe gegeben, wenn er an einem wärmeren Ort eingetroffen wären. Eingetroffen … von wo? Niemand wusste es.

Bakerman hatte seither mehrere Untersuchungen eingeleitet. Mittlerweile war klar, dass die extreme Kälte die Krankheit binnen kürzester Zeit zunichtegemacht hatte. Es gab keine weiteren Ansteckungen, und Steven trug den Erreger offensichtlich auch nicht länger in sich. Doch die Symptome (leichte Anomalien bei den Blutwerten, aufgedunsene Haut, starker Husten,

Übergeben, Halluzinationen, Hautverfärbung, und die unstillbare Gier nach Melatonin, dem süßen Duft der Jugend) konfrontierten Steven nicht zum ersten Mal mit der Ungewissheit, welche höhere Macht wahrhaftig dahintersteckte, und der verzweifelten Hoffnung, dass es vielleicht doch alles nur Zufall gewesen war …

So, als hätte das Wesen den Auftrag gehabt, jemanden zu finden, zu töten oder … zurückzubringen.

Seine Hände krampften sich um die Stuhllehne.

Steven entschuldigte sich und ging zielstrebig ins Bad. Er drehte den Schlüssel zweimal im Schloss, dann stützte er sich am Waschbecken ab und starrte in den Spiegel. Alle Farbe war aus seinem Gesicht gewichen. Die dunklen Bartstoppeln wirkten in der ungesunden Blässe seiner Wangen wie Fremdkörper.

Die eben vernommene Wiedergabe der damaligen Ereignisse deckte sich fast wortwörtlich mit den Schilderungen Bakermans. Der Verdacht, dass er, Steven Burns, tatsächlich in Fairlane, an einem der zehn fahlen Orte, zur Welt gekommen war, bedeutete … *was*? Steven wusste nichts über die fahlen Orte, außer, dass dort unheilvolle Energien herrschten, die eine starke Verbindung zur *anderen Seite* ermöglichten. Was auch immer diese *andere Seite* sein mochte. Ein Rätsel drängte sich an das nächste …

Er drehte den Wasserhahn auf, beugte sich hinunter und trank vier, fünf Schlücke, dann benetzte er sein Gesicht und atmete tief durch.

Vielleicht erklärte seine Nähe zu den fahlen Orten, zu Fairlane insbesondere, seine eigene Gabe, Dinge verschwinden lassen zu können. Nicht ins Nirgendwo, sondern hinüber, dorthin zurück, von wo er einst gekommen war. In die Welt, in die Daniel Burns verschwunden war und in der man Luther Niles offenbar gezüchtet hatte.

Die Welt der Fahlen.

Durch die geschlossene Badezimmertür vernahm Steven Burns undeutlich, wie die Unterredung zwischen Niles und den anderen sich fortsetzte und hitziger wurde. Es waren nur Gesprächsfetzen, die an sein Ohr drangen, aber er wollte auch gar nicht mehr hören.

Er drehte den Wasserhahn stärker auf, trotzdem fraß sich Luthers Stimme von nebenan tiefer und tiefer in sein Bewusstsein …

»… hatte Steven den Grauen Engel verschwinden lassen. So wie er acht Jahre später seinen Bruder Daniel Burns verschwinden ließ. Und dann weitere vierundzwanzig Jahre später meine Brüder, meine Kinder …«

»… dass er der Schlüssel zur Entscheidung ist. Sie sollten auf ihn achtgeben …«

»… Fink wusste nicht viel, das meiste ahnte er nur. Als wir Gewissheit bekamen, da hatte es bereits begonnen …«

»… der Fall der zehn fahlen Orte … die Phase Fleisch näherte sich ihrem Ende, ich hatte meine Schuldigkeit getan, mein Gesicht war zu bekannt …«

»… die zweite der drei Phasen stand bevor …«

»… ich kann Ihnen berichten, was mir widerfahren ist, und dann werden Sie mich und meine Ziele verstehen …«

Steven hatte genug.

»Reiß dich zusammen, Mann!«, zischte er seinem Gesicht im Spiegel zu, trocknete die Hände, dann trat er wieder hinaus auf den Flur.

Larry kehrte soeben mit einem Tablett aus der Küche zurück.

Steven nahm sich einen Becher Kaffee und setzte sich aufs Sofa.

»Alles okay?«, fragte Joyce.

»Ich dachte, Sie wären mittlerweile ein wenig abgehärteter«, schmunzelte Luther Niles. »Haben meine Worte Sie so erschüttert?«

»Es ist eher Ihre Visage, die mich erschüttert«, erwiderte Steven. »Weckt in mir das Verlangen, hineinzuschlagen!«

Bakerman stand auf. »So kommen wir nicht weiter. Erzählen Sie uns Dinge, die wir noch nicht wissen, Niles!«

»Das wollte ich gerade tun. Oder interessiert es Sie nicht, wie ich getötet und fortgebracht wurde?«

»Fortgebracht? Von Amintore Fink? Er hat Sie gezüchtet?«

»Ja, es war Fink.«

Bakerman ließ die Nachricht für einen Moment sacken. Fink war ihnen kein Unbekannter. Das Puzzle formte sich allmählich zu einem Ganzen. Was wiederum heißen könnte, dass Luther tatsächlich die Wahrheit sagte.

In diesem Augenblick erschien ein Gesicht am Fenster. Das Gesicht eines alten Mannes, bärtig und wettergegerbt.

»Hey, das ist George Mullin!«, rief Larry. »Ein Fischer aus dem Dorf.«

»Was will er hier?«, fragte Joyce verwundert.

Als der Alte durch die Scheibe in die Hütte schaute, fiel sein Blick erst auf Larry Newman, dann auf Luther Niles. Der gutmütige Ausdruck wich blankem Entsetzen. George Mullin stieß einen Schrei aus und taumelte wie unter körperlichen Schmerzen zurück in den Wald.

Vier Augenpaare wandten sich augenblicklich zu Niles.

Der lächelte wissend, sagte aber nichts.

»Die Leiche«, stammelte Larry. »Es geht um die Leiche! Wie konnte ich das vergessen?!«

»Was für eine Leiche?« Bakerman war ans offene Fenster getreten. In der Ferne hörte man das Starten eines Autos. Er drehte sich wieder zu Larry. Seine Stimme war hart und fordernd. »Von welcher Leiche sprechen Sie?«

»Unten am Fluss«, antwortete Larry. »Luther hatte davon gesprochen. *Schon bald werden viele Menschen sterben, Newman. Die fünf Engländer waren nur der Anfang.* Das waren seine Worte gewesen. Mullin hatte am Ufer was gesehen, hielt es aber danach für ein Hirngespinst. Vielleicht wollte er doch noch mal mit mir darüber sprechen. Er ist hierhergekommen und ...«

»... hat zu seinem Schrecken jemanden wiedererkannt!« Bakerman richtete seine Waffe auf Niles. »Reden Sie.«

»Wozu einen Hehl daraus machen? Ein paar Rucksacktouristen wollten in der Gegend zelten und Fische fangen.« Das überhebliche Lächeln erstarb. »Kollateralschaden, wenn Sie so wollen.«

»Sie haben fünf Menschen getötet und glauben, wir lassen Sie laufen?« Auch Joyce hielt jetzt ihre MP schussbereit.

»Das Ganze ist eine Falle. Er will uns hinhalten. Bis die Nachhut kommt. Legen wir ihn um.«

»Das sind klare Worte, Kramer.« Luther Niles nahm sich einen Becher Kaffee vom Tablett und trank in aller Ruhe einen Schluck. Dann verzog er die Lippen. »Heiß.«

»Sie sind kein Mensch«, fauchte Joyce. »Sie und Ihre –«

»Überlegen Sie doch mal«, fuhr ihr Niles harsch ins Wort. »*Ich* habe Newman aufgesucht. *Ich* habe den Zeitpunkt unseres Treffens gewählt. Wenn ich Verstärkung erwarten würde, warum habe ich dann nicht gewartet, bis sie hier ist?« Er stand auf.

»Setzen Sie sich wieder hin«, sagte Bakerman betont langsam. »Sofort.«

»Wie Sie wünschen.« Niles gehorchte. »Aber im Ernst. Warum sollte ich Newman von Leichen erzählen und ihn vor einer drohenden Gefahr warnen, wenn ich die Leute selbst getötet habe? Wäre das nicht töricht? Er hätte ohne mich doch niemals davon Wind bekommen, hatte die Augen nur auf Lachse und alte Bäume gerichtet. Nichts für ungut, Newman.«

Larry lachte abfällig und überprüfte dann den Riegel vor der Tür. »Also gut, vielleicht haben Sie recht. Aber Sie verschweigen uns doch was! Wer, wenn nicht Sie, hat denn die fünf Engländer getötet, von denen Sie sprechen?«

»Hören Sie mir einfach weiter zu. Zu diesem Teil meiner Geschichte komme ich noch.«

»Wir sollten ihn von hier wegbringen«, schlug Joyce vor. »An einen Ort unserer Wahl. Die Sache wird mir zu unberechenbar.«

»Nein!« Luther Niles strich sich mit beiden Handflächen über das glatte, nach hinten gekämmte Haar. »Wir reden hier und jetzt oder gar nicht.«

»Glauben Sie wirklich, Sie könnten Forderungen stellen?« Joyce zielte mit der MP auf seine Brust.

»Glauben Sie mir, was immer Sie aufzubieten haben, es wird Sie nicht weiterbringen. Drohungen, Wahrheitsseren, Hypnose, Folter, ich habe alles durchlebt. Und noch vieles mehr. Mein Verstand hat Dinge überstanden, die einen gewöhnlichen Mann umgebracht hätten.«

»Und Sie sind kein gewöhnlicher Mann?« Steven beugte sich vor. »Wirken Ihre Selbstheilungskräfte etwa nicht nur auf den Körper, sondern auch auf den Geist? Können Sie so die Qualen verarbeiten, die Sie durchleiden mussten?«

»Machen Sie jetzt einen auf Psychologe, Burns? Netter Versuch. Aber ich sage es Ihnen zum letzten Mal: Entweder rede ich aus freiem Willen, oder ich werde für immer schweigen. Für mich hat die Zeit ihre Bedeutung verloren.«

»Ich gebe Ihnen bis zur Dämmerung«, sagte Bakerman. »Und Joyce! Bevor Sie protestieren: Schnappen Sie sich den Landrover und folgen Sie diesem Mullin. Ich gehe davon aus, Sie wissen, wo man den Burschen finden kann, Larry?«

»In Old Anchor. Keine Viertelstunde entfernt.«

»Dann werden Sie Joyce begleiten. Ich will alles wissen: Was er unten am Fluss gesehen hat, warum er davongelaufen ist, ob in Old Anchor etwas Ungewöhnliches vorgefallen ist – einfach alles!«

Larry griff ohne zu zögern nach seinem Mantel. Joyce hingegen war wenig begeistert. »Wir sollen Sie beide mit diesem Psychopathen allein lassen?«

»So ist es.«

Steven begrüßte den Entschluss. »Sorgen Sie nur dafür, dass die Umgebung gesichert wird. Wir halten hier drin schon die Stellung.« *Und meine Chancen auf ein Gespräch unter vier Augen erhöhen sich um ein Vielfaches. Er wird mir sagen, wie ich zu Daniel kommen kann.*

Als sich die Tür der Lodge hinter Joyce und Larry geschlossen hatte, wandte Bakerman sich wieder an Luther Niles, der ihre Diskussion süffisant schmunzelnd verfolgt hatte.

»Und nun erzählen Sie uns, wer Sie getötet hat und wie Sie zu dem wurden, was Sie jetzt sind.«

Einen Moment lang schien ihr Gegenüber zu zögern. Dann veränderte sich sein Blick, als hätte jemand einen Schalter umgelegt, und er begann wieder zu reden wie ein lebendes Abspielgerät, wie abgekoppelt von seiner Umgebung und der Gegenwart.

6

»Es begann und endete mit Musik – eine meiner wenigen Leidenschaften, die ich schon als Kind ausgeprägt hatte. Der Tango, um genau zu sein. Mein ganz persönlicher Anker, der mich bis in den Tod begleiten sollte.

Er hatte alles geplant. Amintore Fink galt als ein Mann, der Traditionen und Rituale sehr schätzte, wie ich leider zu spät erfahren sollte. Fink sprach oft von einem Großen Plan und dessen drei Phasen. Und so hatte er auch sein kleines Projekt in drei Etappen gegliedert.

Das Projekt mit meinem Namen.

Zuerst sollte ich die Wahrheit über mich lernen, dann die Wahrheit über seine Verbündeten und schließlich über das, was als die *andere Seite* bezeichnet wird.

Ich war im Rahmen einer Undercover-Mission auf dem Weg nach Sapporo, Japan. Aber man hatte für mich nicht den gewöhnlichen Weg per Flugzeug, sondern den über das Wasser gewählt. Fink hatte sich meiner angenommen, und dank seines Einflusses auf den kanadischen Geheimdienst war er zu meinem wahrhaftigen Auftraggeber jener Tage geworden, auch wenn er nach wie vor im Verborgenen agierte. Und dieses Mal hatte er mich auf einem Kreuzfahrtschiff einchecken lassen.

Wie alle Kreuzfahrtriesen trug auch dieses Vier-Sterne-Ungetüm einen dieser süßlich-maroden Namen: Ocean Spirit.

Das Schiff verfügte über vierzehn Decks, wovon zehn zum Passagierbereich gehörten. Es gab über 250 Innen- und 650 Außenkabinen, die großteils mit eigenem Balkon versehen waren. Die Ocean Spirit beherbergte derzeit an die 1200 Passagiere und über 500 Mann Besatzung. Ein schwimmendes Dorf.

Aus mir bis dahin noch unbekannten Gründen sollte ich alle weiteren Instruktionen erst an Bord erhalten. Doch nach einer Woche wartete ich noch immer.

Mir war klar, dass die Kreuzfahrt kein Urlaub war, sondern in unmittelbarem Zusammenhang mit einem Auftrag stehen musste. Aber worum es sich handelte, wusste allein Amintore Fink. Und er hüllte sich weiter in Schweigen. Kein Brief, kein Anruf, kein Telegramm oder irgendeine Kontaktaufnahme mit einem Mittelsmann. Nichts.

Das war ungewöhnlich, selbst für einen mysteriösen Mann wie meinen Mentor.

Er hatte mich im Laufe der Jahre, die ich nun schon im Geheimdienst tätig war, in viele Geheimnisse eingeweiht. Er hatte mich über Korruption und Intrigen in Kenntnis gesetzt, über nie aufgedeckte Mordkomplotte und den schmalen Grat zwischen Licht und Dunkelheit, wie er es nannte.

Ich hatte aufmerksam zugehört und gelernt. Und ich hatte begriffen, dass mein Weg ein besonderer werden würde. Siebzehn Jahre nach Fairlane hatte ich nahezu die ganze Welt bereist und war Zeuge vieler schändlicher, aber auch zweckorientierter Erpressungen, Entführungen und anderer Verbrechen geworden, die niemals auf die Titelseiten der Tageszeitungen gelangen würden.

Und ich hatte Amintore Fink niemals enttäuscht.

Ich hatte keine Ahnung, wie seine Pläne für mich aussahen, aber ich spürte seine Besessenheit, seinen unerschütterlichen Glauben an ein höheres Ziel. Die Kraft in seinem Blick hatte mich auf seine Seite gezogen und mich von meinen anderen Vorgesetzten entfremdet. Ich verlor meinen Respekt vor ihnen, denn sie waren mir nicht länger ebenbürtig.

Während ich also an Bord der Ocean Spirit ungeduldig auf den ersten Kontakt wartete, begann ich mich eingehender mit Passagieren und dem Schiff zu beschäftigen.

Ich wollte auf alles gefasst sein, also übte ich mich im Small Talk, begann verdächtige Personen genauer zu beobachten und mich bewusst in harmlose Plaudereien einzuklinken, um meine Adaptionsfähigkeiten zu schulen. In den letzten Jahren hatte sich der Trend zu ausgeprägtem Luxus einerseits und legerer Clubatmosphäre andererseits auf diesen Schiffen sehr verstärkt. Die Altersstruktur der Reisenden hatte sich demzufolge verändert. Waren Kreuzfahrten früher doch eher ein Eldorado für ältere, betuchte Damen gewesen, die eine bequeme Reisemöglichkeit suchten, bei der sie ohne häufigen Hotelwechsel die Welt in angenehmer Atmosphäre kennenlernen konnten. So fiel mir der gesellschaftliche Anschluss leicht, vor allem auf den weitläufigen Außenbereichen mit Solarium-Decks, Swimmingpools, einem markierten Joggingkurs und dem lichtdurchfluteten Fitnesscenter.

Hier hatte ich auch mein letztes Opfer, wie ich sie im Scherz insgeheim nannte, auserkoren.

Die Bordfotografin, eine Frau um die vierzig, athletischer Körperbau, strenge Frisur und ein kantiges, aber zeitloses Gesicht, auf dem die Leiden der Vergangenheit nicht zu erkennen waren.

Sie war bei allen wichtigen Anlässen und den organisierten Ausflügen dabei. Ihre Bilder wurden in der Fotogalerie ausgestellt, wo sie käuflich erworben werden konnten.

Nachdem wir uns mehrfach im Casino über den Weg gelaufen waren und sie mich fotografiert hatte, beschloss ich, durch sie mehr über das Schiff und die anderen Gäste zu erfahren.

Ihr Name war Lucinda Brennan.

Ich begleitete sie, wurde ihr Schatten, verschaffte mir Zugang zu Gängen und Decks der Ocean Spirit, die den Reisenden gewöhnlich versperrt blieben. Ich folgte Lucinda zu Malkursen und Schatzsuchen, zu Tanzabenden sowie in alle Bars und Aufenthaltsräume.

Wann immer wir uns zufällig über den Weg liefen, lud ich sie auf einen Drink ein oder ließ mich in den neuesten Klatsch und Tratsch einweihen. So erfuhr ich gleichermaßen belanglose Anekdoten über Besatzung und Offiziersstab wie auch interessante Details über Ausrüstung und Aufenthaltsräume des Sicherheitspersonals, über Schichtpläne und die Kommunikationsanlagen auf der Brücke.

Lucinda wurde zu meiner Informantin, zu meiner Bezugsperson. Ich studierte ihre Eigenarten, ihre Bewegungen und schulte meine Instinkte.

Meine Beziehung zu der Frau entwickelte sich anfänglich einzig aus dem Grund, dass ich mich wach halten wollte. Ich wollte bereit sein, wenn ich den genauen Auftrag erhielt. Sie war mein Trainingsobjekt.

»Du bist ganz schön neugierig, Luther«, sagte sie eines Abends zu mir, als wir an Deck standen und unsere Blicke über den ergrauenden Horizont schweifen ließen.

Ich fühlte mich ertappt. War ich zu plump gewesen? »Was meinst du?«

Sie schlang demonstrativ die Arme umeinander. Dabei war die nächtliche Februarluft zwar frisch, aber nicht unangenehm kühl.

»Die ganze Zeit reden wir über mich und die Ocean Spirit. Was ist mit dir? Du reist allein, du sprichst wenig über deine Vergangenheit, ich weiß noch immer nicht, was du eigentlich tust.«

Ich zögerte mit der Antwort und lauschte den leisen Tangoklängen, die aus einem der nahen Festsäle drangen. Ohne es zu merken, wippte mein Bein im Takt. Mein Körper erinnerte sich vor meinem Geist an die Kindertage, als wir noch mit dem Wohnmobil unterwegs waren und vor Straßenpublikum gespielt und getanzt hatten.

»Du bist doch nicht etwa Musiker?«

»Nein, ich bin Priester.« Meine Antwort traf mich so spontan wie unvorbereitet. Was hatte mich zu so einer unvorsichtigen Aussage bewogen? Meine katholische Erziehung? Der Wunsch nach Distanz zu dieser Frau an meiner Seite?

Ich wandte den Blick vom Meer ab. Lucinda war nicht im klassischen Sinne eine Schönheit, eher von einer sanften Kühle umwoben, elegant, aber auch schwer zugänglich. Ich spürte, wie meine Professionalität von ihrer Ausstrahlung untergraben wurde.

»War ja klar«, murmelte sie und zog eine Zigarette aus der Jackentasche.

Sie brach die angeknickte Spitze ab und warf sie über Bord. Dann steckte sie sich die Zigarette zwischen die Lippen, und als sich der Rauch aus ihrem Mund löste, war es, als wäre ihr Gesicht in einen Dunst aus verlorenen Träumen gehüllt.

Eine Weile sagte niemand ein Wort.

Ich ahnte, dass mein Opfer, wie ich sie in Gedanken

noch immer liebevoll nannte, sich von mir entfernen würde. Unsere Bekanntschaft hatte sich über die Tage an Bord der Ocean Spirit in etwas anderes verwandelt. Mein offenes Bekenntnis der Priesterschaft deutete an, dass ich dem abgeschworen hatte, was Männer und Frauen näherbrachte, und ich verstand die Enttäuschung in ihren Augen. Ich begriff, dass meine Ausflucht zugleich ein Eingeständnis mir selbst gegenüber war. Zwar hatte ich immer wieder kurze Affären erlebt, aber seit meinem Eintritt in den Geheimdienst, ja eigentlich seit ich als Junge aufs Militärinternat geschickt worden war, hatte ich meine sozialen Kontakte auf ein Minimum reduziert.

Niemand sollte mich kennen dürfen, meine Fehler und Schwächen erfassen und ausnutzen. Niemand sollte meine Gefühle berühren, denn der Gedanke an den möglichen Verlust trübt die Entscheidungsfähigkeit und verklärt den Verstand. Und das Gegenteil war mein Ziel. Die Perfektion des Zusammenspiels von Körper und Geist, fern äußerlicher, profaner Einflüsse.

Ich erkannte, dass Lucinda auf dem besten Wege war, meinen sorgsam errichteten Schutzwall zu durchbrechen, und ich ihr daher zuvorkommen musste, aus reinem Selbstschutz. Schließlich hatte ich den Kontakt geknüpft, um meine Fähigkeiten zu trainieren und mein Wissen zu erweitern. Ich wartete auf meinen Auftrag, auf meine Mission, auf meine Berufung. Ich durfte mir keine Fehltritte leisten.

Ich suchte nach den richtigen Worten.

»Der Pazifik«, sagte sie leise und starrte hinaus auf die endlose Weite. »Weißt du, woher der Name kommt?«

»Man nennt ihn auch den Stillen Ozean. Der Name rührt vom spanischen oder portugiesischen pacífico her, was so viel wie friedlich bedeutet. Magellan hatte ihn einst so benannt, weil ihm 1521 die Winde bei seiner Weltumrundung auf diesem Meer wohlgesonnen waren. Er …«

Sie verdrehte die Augen. »Lernst du etwa deine Reiseführer auswendig?«

»Nein, wieso? Ich habe nur gesagt, was ich weiß.«

»Ah ja, sehr beeindruckend.« Sie blies die scharfe Ironie mit einer weiteren Zigarettenrauchwolke hinaus aufs Meer.

Der Himmel wurde zusehends schwärzer, und dort, wo zuvor noch filigrane Gebilde als schimmernde Bänder ihre Bahnen gezogen hatten, erstrahlten erste Lichtpunkte.

»Dann weißt du bestimmt auch, was Cirruswolken sind?«

Federwolken, dachte ich augenblicklich. Sie treten in der Troposphäre auf, und da in dieser Höhe von mehreren Meilen die Temperatur stark abnimmt, bestehen sie aus schwebenden Eis- und Schneekristallen.

»Nein, keine Ahnung«, antwortete ich, und mein aufgebauter Schutzwall wurde ernsthaft erschüttert.

»Ich auch nicht«, lächelte sie plötzlich. »Aber mir gefällt der Name.«

Ich lächelte zurück.

Dann bemerkte ich den Mann am Pool. Er saß auf einer Sonnenliege, gab vor, in einem Buch zu lesen, aber ich erkannte, dass er uns beobachtete.

Seine Statur war ebenso kräftig wie auffällig. Der Schnauzbart mochte falsch sein, das war auf die Entfernung nicht eindeutig zu sagen. Einer von Finks Männern? Oder gar meine Zielperson?

»Alles okay mit dir? Du wirkst plötzlich so nachdenklich?«

Sie studierte mich. Sie lernte, meine Verhaltensmuster

zu deuten. Das war gefährlich … auch wenn sich die unvorhergesehene Nähe gut anfühlte.

»Ja, alles wunderbar.« Ich beschloss, zu testen, ob ich paranoid war oder meine Instinkte mich zu Recht warnten. »Wollen wir tanzen?«

»Hier?« Lucindas Wangen glühten auf, als das glimmende Ende ihrer Zigarette über der Bordwand verschwand, hinter der es vierzehn Decks hinab in die Tiefe des pazifischen Ozeans stürzte.

»Warum nicht?«

Ich nahm ihre Hand und gestatte mir, sie vorbei an Liegen und Sonnenstühlen zu führen, den leisen Rhythmus der Melodien aus dem Festsaal im Ohr.

Als wir uns dem Mann näherten – Lucinda hatte ihre Augen beim Tanz geschlossen –, erhob er sich, nickte und verschwand in Richtung der Kabinen. Ich behielt ihn im Auge, konnte aber keine weiteren Erkenntnisse sammeln.

Stattdessen spürte ich Lucindas Körper dicht an meinem, wie sie meine Konzentration auf sich lenkte und mich zu beherrschen begann. Der Tanz erfüllte mich mit Vertrauen und Erinnerungen an meine Kindheit und meine Eltern. Die Frau an meiner Seite glitt dahin wie eine Erweiterung meiner selbst, und ich begann im Geist, aus der Vergangenheit hinüber in die Zukunft zu wandern.

Und ich fühlte … zum ersten Mal seit Jahren, nein, seit Jahrzehnten … dass etwas tief in mir begraben worden war. Eine menschliche Verletzlichkeit, die mich gleichzeitig mit unvorstellbarer Furcht erfüllte.

»Was ist, warum hörst du auf?« Sie schlug die Augen auf. Ihre dunklen Pupillen waren im Schein der Lampions am Pool von glänzender Feuchtigkeit überzogen.

»Das Lied ist zu Ende.«

»Stimmt.« Sie löste sich betont langsam aus der engen Tanzhaltung, die wir unbewusst eingenommen hatten. »Für einen Priester gar nicht schlecht.«

»Vielleicht sollten wir etwas essen.«

»Ein Diener Gottes, der auch die körperlichen Genüsse nicht vergisst. Kann es etwas Besseres geben?«

Sie hatte mich durchschaut. Sie ahnte die Lüge und sehnte sich nach der Wahrheit. Und das Schlimmste daran: Ich war bereit, sie ihr zu geben.

Erst als wir unter Deck traten, merkten wir die Kälte des Februars in unseren Gliedern. Zitternd und durchgefroren suchten wir eines der zahlreichen Bordrestaurants auf. Dieses hatte sich auf südamerikanische Köstlichkeiten spezialisiert.

Während wir bei Kerzenschein das kulinarische Mitternachtsüberraschungsmenü und den seichten Live-Jazz genossen, erzählte ich ihr von meinen Eltern und unseren Reisen durch das Land. Ich verschwieg nichts und beantwortete alle ihre Fragen zu meiner Person bis ins kleinste Detail, gab allerdings vor, dass das Internat nicht dem kanadischen Militär, sondern der katholischen Kirche unterstanden hatte. Ich flüchtete mich in zwei fiktive Geschichten aus dem Priesterseminar und leitete dann geschickt hinüber zu ihr, wobei ich erleichtert feststellte, dass ihre Neugierde vorerst gestillt zu sein schien.

Ich hing an ihren Lippen, an ihren Worten, an ihrem Duft und begann, mich in der Biographie dieser Frau zu verlieren. Ich vergaß den Mann vom Pool und Amintore Fink und den Geheimdienst. Ich vergaß Fairlane und den Grauen Engel und meine Mission, auf die ich noch immer vergeblich wartete.

Zwischen Papa Asada, Bife Maredo und einem gelegentlichen Cocktail erfuhr ich alles über Lucinda

Brennan, was mein Herz wissen wollte. Aufgewachsen in New York als Tochter eines Klempners und einer Laborassistentin für Zahnmedizin, musste Lucinda irgendwann mit ihren Eltern nach Europa ziehen, wo sie im walisischen Chepstow ihren Schulabschluss machte. Sie heiratete früh, wurde schwanger, brach ihr Studium der Fotografie ab, wurde Hausfrau und Mutter. Ihr Sohn kam am Geburtstag ihres Mannes, irgendein mäßig erfolgreicher Profisportler, zur Welt, und als er sieben Jahre alt war, starben am Vorabend des ersten Weihnachtstages beide bei einem Autounfall. Der Unglücksfahrer beging Fahrerflucht und wurde nie gefasst. Lucinda verließ Großbritannien und kehrte allein in die Vereinigten Staaten zurück. Dort lebte sie einige Jahre in Einsamkeit und von monatlich wechselnden Jobs, bis sie schließlich ihr Studium wieder aufnahm und Fotografin wurde.

Seit über vier Jahren reiste sie mittlerweile durch die Welt, heuerte auf Schiffen wie der Ocean Spirit an und lebte davon, Bilder von glücklichen Menschen zu machen, deren Begegnungen mit ihr stets von flüchtiger und kaum nachhaltiger Natur waren. Aber sie versicherte mir, sie sei zufrieden mit ihrem jetzigen Leben.

Ich dachte an ihren sehnsuchtsvollen Blick hinaus auf den dunklen Pazifik, das größte und tiefste aller Weltmeere. Und ich ahnte, was sie fühlte. Was ich fühlte.

»Monsieur?«

Ich blickte auf. Es war Félix, der dunkelhäutige Kellner aus Guadeloupe, der uns seit unserem Eintreffen im Restaurant bewirtete.

»Was gibt's?«, fragte ich, offen verärgert über die ungebetene Störung.

»Der Maître de Cuisine bestellt Ihnen beiden seine Grüße.« Félix nahm zwei Gläser Champagner vom Tablett.

»Der Maître de Cuisine?«

»Ah oui, Monsieur.« Der Kellner verbeugte sich übertrieben und zog sich dann zurück.

Lucinda griff nach ihrem Champagner und schaute dem Kellner irritiert schmunzelnd hinterher.

Ich hingegen ließ das gefaltete Kärtchen, das Félix mir zugesteckt hatte, unter dem Tisch verschwinden. Mit einem schnellen Blick vergewisserte ich mich der Nachricht, die dort stand: LUCINDA BRENNAN LÜGT. SIE ARBEITET FÜR DIE GEGENSEITE. SOFORTIGE LIQUIDIERUNG ERFORDERLICH. A.F.

»Und, Luther? Worauf stoßen wir an?

Es war der letzte Satz, den ich von Lucinda Brennan in Erinnerung behalten sollte.

Zwar sagte sie noch andere Dinge, aber alles, was sie vor ihrem Tod noch von sich gab, ist aus meinem Gedächtnis gelöscht. Als wäre es wie feiner Sand durch ein Sieb gerieselt.

Es bedurfte keinerlei Beweise. Ich benötigte weder Fotografien noch Akten, weder Geständnisse noch Zeugenberichte über angebliche Spionagetätigkeiten oder eventuelle Mordpläne. Wie von unsichtbaren Fäden gesteuert, legte sich in meinem Kopf ein Schalter um, und meine Empfindungen zogen sich zurück. Ich gestattete mir kein Zögern, keine Reue, keine Gefühle.

Alles, was ich war, verdankte ich der kanadischen Regierung, die sich meiner angenommen hatte. Alles, was ich werden wollte, lag in den Händen meines Mentors, und ihn zu verraten, hätte mein Ende bedeutet. Vielleicht wäre alles anders gekommen, wenn ich nicht so viel für Lucinda empfunden hätte. Denn eben meine starken Gefühle der Verbundenheit, die sexuelle Anziehungskraft und die Sehnsucht nach Nähe, die diese Frau in mir entfacht hatte, ließen mich wieder an meine Schwächen glauben. An meine Menschlichkeit. Und das machte mich verwundbar. Und ich hasste sie dafür, ebenso intensiv, wie ich sie zu lieben begonnen hatte.

Ich wischte alle Zweifel und Fragen beiseite, als ich die Nachricht unter der Tischplatte verschwinden ließ, und griff mit verzweifelter Entschlossenheit nach dem einzig plausiblen Ausweg, um so allen Ansprüchen gerecht zu werden und mich nicht in eine sentimentale Abhängigkeit zu einer Frau zu begeben, die ich begehrte. Ich wollte nicht lieben, nicht wieder jemanden verlieren, also musste ich töten.

Mir blieb keine Wahl. Das jedenfalls redete ich mir ein in den verbliebenen Minuten zwischen Champagner und Dessert.

Sie folgte mir hinauf in meine Kabine mit dem Außenbalkon. Von hier hatte Lucinda ihren letzten Ausblick auf die schwarzen Fluten, die sie so faszinierten. Sie kehrte mir den Rücken zu, die Arme wieder vor der Brust verschlungen. Ihre Schultern bebten leicht, ob vor Erregung, Kälte oder Müdigkeit, würde ich niemals herausfinden.

Zwei Strähnen hatten sich aus ihrem Zopf gelöst und flatterten hilflos im eisigen Fahrtwind.

Sie hoffte vermutlich auf mein Näherkommen, meine Hände auf ihrer Haut, mein Atem in ihrem Nacken.

Sie wollte mich. Und ich sie.

Also musste ich schnell handeln.

Ich setzte mir den Kopfhörer auf und schaltete das Tape an. Der Tango setzte unmittelbar ein, riss mich hinfort, ein trauriger Gedanke, den man tanzen kann …

Ich entsicherte meine Waffe, schraubte den Schalldämpfer auf den Lauf und legte auf ihren Hinterkopf an.

Sie stand ganz still.

Ich wollte die Augen schließen, aber ich konnte nicht. Mein Bein wippte im Takt, mein Mund begann die Melodie zu summen, ich seufzte. Und drückte ab.

Es war so einfach. Lautlos fiel sie über den Balkon. Wie eine Puppe, derer man überdrüssig geworden war. Niemand hörte etwas. Niemand sah etwas. Der Pazifik nahm sie mit sich. Und ich tanzte den Tango allein zu Ende, ohne zu wissen, ob ich weinte oder lachte oder selbst gestorben war.«

Luther Niles hielt in seinem Bericht inne. Es vergingen viele Sekunden, in denen er einfach nur ins Leere starrte, abwesend, nach Worten suchend. Oder war es nur die kunstvolle Pause eines Mannes, der die Wirkung seiner Lügen auszukosten wusste? Er hatte seine kalten Augen geschlossen, als er mit leiser Stimme die Erzählung fortsetzte.

»Erst vierundzwanzig Stunden später sollte ich erfahren, dass Lucinda Brennan in Wirklichkeit niemand anderes gewesen war als eine unschuldige Fotografin, die zum ersten Mal seit dem Tod ihres Kindes und ihres Mannes wieder gewagt hatte, an die Liebe zu glauben.

Sie war weder eine Spionin noch eine Verräterin gewesen.

Sie war nur ein letzter Test von vielen vorhergegangenen, auserwählt von Amintore Fink, um meine Loyalität und Entschlossenheit zu prüfen.

Hätte ich sie nicht an Deck als mein »Opfer« auserwählt, dann wäre es jemand anders geworden. Lucinda musste sterben, weil ich mich für sie entschieden hatte. Es war purer Zufall gewesen.

Nicht ich hatte an Bord der Ocean Spirit auf meine

Mission gewartet, sondern Finks Leute auf ihre Zielperson. Auf den ersten Menschen, zu dem ich eine engere Beziehung aufbauen würde. Sie wollten mir die Entscheidung so schwierig wie möglich machen. Die Entscheidung, aus blinder Loyalität eiskalt zu morden.

Mein an der Oberfläche kaum vorhandener Widerstand gegen den Mordbefehl bestärkte Amintore Fink, dass ich für sein Projekt der Richtige war. Mein Wille war stark und ungebrochen, so dachte er.

Am nächsten Morgen verließ ich das Kreuzfahrtschiff und betrat japanisches Festland. Ich hatte den ersten Teil seines Plans hinter mir gelassen und befand mich mit Anbruch des neuen Tages bereits im zweiten. Als ich meine ersten Schritte durch die verschneiten Straßen Sapporos machte, hatte ich den wertvollsten Teil meiner Seele im Pazifik zurückgelassen. Im dunkelsten aller Weltmeere, dem unergründlichsten und dem friedlichsten.

Die kommenden Stunden würden mir die Augen für die Wahrheit öffnen. Sie würden mich brechen. Und die Welt für immer in fahle Schatten stürzen.

Ich hatte vor dem Verlassen der Ocean Spirit eine weitere Nachricht erhalten. Eine Adresse und eine Uhrzeit. Sonst nichts. Keine Anweisungen, keine Erklärungen. Mir blieben noch zwei Stunden.

So gut es ging – und ich hatte diese Technik nahezu perfektioniert –, blendete ich alle Schuldgefühle aus und fokussierte meinen Geist einzig auf die bevorstehende Mission. Nicht ahnend, dass ich selbst der Auftrag sein würde und jeder Schritt durch die verschneite Stadt mich meinem Ende näher brachte.

Ich verzichtete auf die U-Bahn und ließ mich ziellos durch das schachbrettartige Straßennetz treiben. Die dahinrollenden Blechlawinen waren ebenso unter dem weißen Kleid des Februars begraben wie die symmetrisch errichteten Hochhäuser mit ihren stillosen Fassaden. Die Stadt Sapporo lag auf der nördlichsten der japanischen Inseln und war erst im Jahre 1869 als Sitz der Kolonialverwaltung Hokkaidos gegründet worden. Mittlerweile war es mit fast zwei Millionen Einwohnern die fünftgrößte Stadt Japans. Nachdem im Zweiten Weltkrieg der Hafen als Flottenstützpunkt genutzt worden war, hatte die amerikanische Besatzungsmacht nach der Kapitulation die verwüstete Stadt nach dem Vorbild eigener Städte am Reißbrett neu geplant. Ich hatte gehört, dass sich die moderne Verwestlichung der japanischen Gesellschaft nirgends so deutlich widerspiegelte wie hier. Und tatsächlich raubten die Eindrücke meinem ersten Besuch des japanischen Festlandes seine faszinierende Wirkung. Die Gesichter waren fremd, nicht aber die Umgebung. Nach amerikanischem Vorbild durchnummerierte Straßenblöcke erleichterten die Orientierung, und das Stadion der Olympischen Winterspiele von 1972 war noch immer Hauptattraktion und touristischer Magnet, ähnlich unwiderstehlich wie die abartigen Scheinwelten von Disneyland. Skischanze, Sessellifte, Tourismusartikel, die Welt schrumpfte vor meinen Augen in die Ausgeburt einer Vergnügungsparkseuche, die von Nordamerika aus auf alle Kontinente geschwappt war und sie infiziert hatte.

Widernatürliche Zerstreuung durch inflationäre Werbung, Medien, Nachrichten und Wettbewerbe aller Art – ich hatte für ein Leben genug davon gesehen. Mir wurde übel.

Ich hielt an einer Kreuzung, an der vier Sushi-Restaurants einander gegenüberlagen, die erleuchteten Schaufenster beäugten sich misstrauisch und lauernd. An der Tür wurde Geld allein für das Betreten verlangt. Hinter den Glasfronten tummelten sich in gewaltigen Aquarien Hummer, glitzernde Fische und ausgelegte Tintenfischarme von über einem Meter Länge.

Ich verspürte Hunger und Ekel zugleich. Unwillkürlich musste ich an die dahingleitende Ruhe an Deck der Ocean Spirit denken. Selbstverständlich war der dortige Luxus ebenfalls ein Paradebeispiel für Dekadenz und pervertierten Reichtum einer privilegierten Masse, während in der südlichen Hemisphäre die Menschheit vor die Hunde ging. Aber das änderte nichts an der Wirkung des Pazifiks, in jener Nacht, als Lucinda und ich …

Ich verdrängte den Gedanken.

Die Frau war eine Betrügerin gewesen. Eine Mörderin. Und ich war der Arm der Gerechtigkeit, der das Urteil gesprochen hatte. Nein, nicht gesprochen, das hatten andere übernommen. Ich hatte es nur vollstreckt. Ohne es zu hinterfragen.

Was war aus mir geworden?

»Ist dies schon Tollheit, so hat es doch Methode.«

»Wie bitte?«

Der Junge, er mochte um die fünfzehn Jahre alt sein, stand unmittelbar neben mir, ohne dass ich ihn zuvor bemerkt hatte. Wie ich trug er einen gefütterten Mantel, um sich gegen die Kälte zu schützen. Winzige Eisperlen hingen an seinen Augenbrauen. »Hamlet, von Shakespeare.«

»Sprichst du mit mir?«

Er nickte, und sein hintergründiger Blick verriet ihn. Die Ähnlichkeit hätte einem unaufmerksameren Beobachter entgehen können, aber nicht mir. Amintore Fink war sein Vater.

»Mein Name ist Dorgan«, sagte er und reichte mir die Hand.

Ich fragte ihn im Scherz, ob er nicht in der Schule

sein müsste, und versuchte gleichzeitig zu erkennen, ob man uns beschattete. Die hupenden Autokolonnen schleppten sich durch die Straßen, Spaziergänger und Touristen versuchten dem graubraunen Schneematsch auszuweichen, der sich dank der Abgase am Straßenrand auftürmte. Niemand fiel mir auf.

Dorgan Fink lachte amüsiert und sprach mit der oberlehrerhaften Stimme eines Menschen, der im Leben immer das bekam, was er sich wünschte. »Folgen Sie mir, Luther. Wir haben noch etwas Zeit, bevor mein Vater Sie empfängt.«

Empfängt?

Was bildete sich der milchgesichtige Bursche eigentlich ein? Ich war Soldat in der Armee gewesen, ein Agent der Regierung, bereit, alles für die gerechte Sache zu tun und für meinen vorgezeichneten Weg abseits von Armut, Erniedrigung und Arroganz unfähiger Sesselhocker hinter ihren Aktenbergen.

Ich bewunderte Amintore Fink für seinen Tatendrang, aber sosehr ich ihm vertraute, er konnte mir meinen Stolz nicht nehmen. *Empfängt?*

In diesem Augenblick war mir klar, dass ich Dorgan Fink nicht ausstehen konnte. Aber ich schluckte meine aufschäumende Wut hinunter und zog es vor, erst mal zu schweigen.

Ich hatte erwartet, dass wir die Hauptverkehrszone verlassen würden, stattdessen schlugen wir uns mitten ins Herz von Sapporo durch.

Weit hinter den tiefen Straßenschluchten erhoben sich fern der Stadtgrenzen die Berghänge des Küstengebirges, wo der Schnee sein reines Weiß zurückeroberte und der Lärm verging. Sehnsüchtig genoss ich die Aussicht und entspannte mich unwillkürlich.

Dorgan war stehen geblieben.

Ich kniff die Augen zusammen, um den umherwehenden Flocken zu entgehen, und schaute mich um.

»Wo sind wir?«

»Sehen Sie die Statue, Luther?«

Es war ein Samurai aus blankem Eis, über zehn Meter hoch thronte er vor dem Eingang zu einem gewaltigen Parkareal inmitten der Stahl-und-Beton-Wüste.

»Yuki Matsuri«, sagte er.

»Das jährliche Schneefest. Ich habe darüber gelesen.«

Sapporos größtes Tourismusereignis wurde seit 1950 zelebriert, als Schüler und Studenten im Odori-Park mehrere Statuen aus Schnee erbauten. Mittlerweile dauerte das Fest eine gute Woche. Dutzende riesiger und Hunderte kleiner Schnee- und Eisskulpturen in den verschiedensten Motiven lockten jährlich über eine Million Besucher an, was den lärmenden Verkehr und die Menschenmassen zu dieser Jahreszeit erklärte.

»Die Eisfiguren werden aus Eisblöcken mit dem traditionellen Wakizashi-Schwert geformt«, erklärte der Junge in seiner abstoßend altklugen Art. »Das Fundament besteht aus Schnee, der mit Wasser übergossen wird und dadurch sehr schnell festfriert.«

Dorgan wandte sich zu einem kleinen, verzierten Haus, das aussah, als wäre es eines der ersten Gebäude Sapporos gewesen. Die rissigen Mauern und die altmodisch verzierten Dachgiebel sprachen eine deutliche Sprache.

»Eine Hütte für den Gärtner?«, fragte ich desinteressiert. Das Versteckspiel begann mich anzuöden.

»Wir werden später einen Spaziergang durch den Odori-Park machen, wenn es dort etwas ruhiger zugeht. Mein Vater hat mir aufgetragen, Sie bis dahin in die japanische Tradition einzuweisen.«

Ich folgte ihm widerwillig. »Warum? Wie lange werde ich in Japan bleiben?«

»Das weiß ich nicht«, grinste Dorgan. »Aber Sie werden viel Kraft brauchen, hat er gesagt. Und hier werden wir Kraft tanken, bis die Dunkelheit anbricht, die Menschen schlafen und wir uns mit ihm treffen.«

»Was soll die Geheimniskrämerei?«

»Das kann ich nicht sagen. Ich weiß nur, was man mir erzählt.«

Ich glaubte diesem blasierten Burschen mit den tiefliegenden Augen kein Wort. »Und so lange hängen wir in einer alten Hütte ab?«

»Oh, das ist keine gewöhnliche Hütte, Luther.«

Der Drang, ihn zu ohrfeigen, war übermächtig.

Wir wurden von einer kleinwüchsigen Japanerin empfangen, die sich uns als Izumi Matsuda vorstellte. Ich schätzte sie auf weit über achtzig Jahre. Als ich ihr die Hand reichen wollte, schlug mir Dorgan auf die Finger.

Ohne nachzudenken, schnellte mein linker Arm vor und drückte ihn gegen die Mauer. Als sich mein Griff um seine Kehle nicht lockerte, konnte ich zufrieden beobachten, wie die jugendliche Arroganz aus seinem Gesicht wich, ebenso wie die Farbe.

»Tu das nie wieder!«

»Sie sind … unhöflich … gewesen«, röchelte er.

»Unhöflichkeit sollte deine letzte Sorge sein!« Langsam dämmerte mir, dass wir nicht allein waren. Die runzelige Alte beäugte mich wortlos. Außerdem würgte ich gerade den Sohn des Mannes, dem ich meine Zukunft anvertraut hatte.

Ich ließ ihn los.

Keuchend sackte Dorgan Fink auf die Knie. Er hob nicht den Kopf, aber dennoch konnte ich seinen hasserfüllten Blick erkennen, der sich statt in mich in den winterweißen Schnee bohrte.

»Sie hätten sich … verbeugen sollen«, presste er keuchend hervor.

Izumi Matsuda nickte lächelnd und machte es mir vor.

Für einen Moment war ich versucht, den am Boden Kauernden mit einem Tritt gänzlich niederzustrecken. Was bildete er sich ein, dass er mir Benimmregeln diktieren wollte?! Dennoch zwang ich mich zur Kontrolle, denn mir wurde bewusst, mit welch bedrückender Schwere mich noch immer der Vorfall an Bord des Kreuzfahrtschiffes belastete. Der Tod war mir nie fremd gewesen, ich war sozusagen mit ihm aufgewachsen. Aber dies fühlte sich anders an. Ich war mir plötzlich sicher, dass auch dieses Gefühl mit Absicht in mir geweckt worden war. Zum ersten Mal dämmerte mir, dass ich möglicherweise einem Test unterzogen wurde. Erneut griffen Unsicherheit und Zweifel nach meiner Seele und entwickelten sich allmählich zu einer bedrohlichen Schwächung meiner Einsatzbereitschaft.

Ich zwang mich zu einer tiefen Verbeugung, und das Lächeln der Alten wurde breiter.

»Niles-san, kommen Sie. Treten Sie ein.«

Ich verstand nicht, was ich hier sollte, aber ich tat wie geheißen.

Es war auffällig warm in der Hütte, also legten wir unsere Mäntel ab. Zwischen Eingangstür und Wohnraum gab es einen kleinen Vorraum, den sie Genkan nannte. Hier stellten wir die Schuhe so nebeneinander, dass die Spitzen nach draußen wiesen. Dann betraten wir die mit Reisstrohmatten ausgelegte Wohnstube.

An einem Wasserbecken spülten wir uns gemeinsam den »Staub der hektischen Welt« ab, wie die Japanerin es ausdrückte. Die Ruhe der Frau griff nach und nach auf mich über, und selbst der geschwätzige Dorgan Fink war verstummt.

Ergeben befolgten wir alle ihre Anweisungen und lauschten ihren Erklärungen. Die Intensität der Frau war ansteckend. Fast neidisch sehnte ich mich nach ihrer kompromisslosen Devotion. Ich fühlte mich wie in die Zeit zurückversetzt, war wieder Schüler und begierig auf den nächsten Sprung in meiner Entwicklung.

Hätte ich gewusst, wie nahe ich der Erfüllung dieses Wunsches war und was mich am Ende dieses langen Tages auf meiner Reise in die Nacht erwarten würde, ich wäre schreiend davongelaufen.

Wir wuschen uns nacheinander Mund und Hände mit klarem Wasser aus Schalen, dann führte sie uns weiter in die letzte Kammer. Der Durchgang war kaum einen Meter hoch, wodurch man gezwungen war, sich tief gebückt zu bewegen.

»Dieses Tor trennt die hektische Welt des Alltags von der Welt des Teeweges«, sprach sie feierlich. »Hinter diesem Tor öffnet sich die Welt von Wa, Kei, Sei und Jaku, der Harmonie, Ehrfurcht, Reinheit und Stille.«

Es war eine Prüfung der Demut und des Respekts vor dem auf uns wartenden Ritual und verlangte das Ablegen aller gesellschaftlichen Unterschiede auf der Schwelle.

Hinter dem Durchgang war die Kammer erfüllt von einem mir unbekannten Duft. Wir setzten uns auf den Boden und lauschten den Worten, die uns hinfortzogen und unseren Geist für alles Bevorstehende öffneten.

»Obwohl der Februar große Kälte mit sich führt, ist er der Monat, der uns den Frühling bringt und in dem die Winterpflaume zaghaft ihre ersten Blüten zeigt. Sie steht für die Hoffnung und den Neubeginn. Und wie aller

Neubeginn ist auch dieser Wandel noch von Dunkelheit und Kälte gezeichnet.«

Izumi Matsuda verfiel in Schweigen und reinigte drei hölzerne Schalen mit einem Seidentuch, eine Prozedur, die eine Ewigkeit zu dauern schien.

Die Stimmung im Teeraum war wie ein künstlich geschaffenes Refugium, behaglich und den Anschein perfekter Idylle erzeugend. Unterstrichen wurde die Atmosphäre durch den ruhigen Schein der Kerzen und der schmiedeeisernen Öllampe. Unter dem Wasserkessel fing die Holzkohle knackend an zu glühen, kurz darauf begann der Kessel zu singen, und Dampf stieg auf.

Etwas in mir misstraute dem Umfeld, sträubte sich gegen die Wärme in meiner Brust.

Die Erinnerung an die Eisskulpturen im Park rings um das kleine Häuschen löste sich auf und wurde ersetzt von einer befreienden Leere.

»In kaum einer anderen Kultur hat die Mystik des Tees einen derart nachhaltigen Einfluss hinterlassen wie in der japanischen. Sei es, dass sie ihren Niederschlag in speziellen Schriftzeichen fand oder in der Teezeremonie, die nach wie vor seit Jahrhunderten unverändert praktiziert wird.« Izumi Matsuda vollzog eine komplizierte, rituelle Handlungsabfolge, die schließlich mit dem Aufguss endete, bei dem der dickflüssige Tee mit einem Bambusbesen schaumig geschlagen wurde.

Dann reichte sie uns die erste Teeschale, die Dorgan instinktiv mit leichter Verbeugung annahm. Er drehte sie dreimal in seiner Hand, nahm schlürfend drei kleine Schlucke, strich den Rand mit einer Serviette sauber und reichte die Schale an mich weiter.

Ich machte es ihm nach.

»Der sechsfache Hunger ist die Ursache des Leidens: der Hunger zu sehen, zu fühlen, zu schmecken, zu riechen, zu hören und zu wissen. Ist dieser Hunger gestillt, endet das Leiden.«

Mein Leiden sollte in dieser Nacht beginnen …

Während die Dunkelheit über Sapporo kam, tranken und schwiegen wir. Wie im Kokon einer Seidenraupe formte sich die Glut unter dem Kessel zu feurigen Zeichen und verwandelte den Raum in eine Bastion vollkommener Stille.

Noch heute, wenn ich daran zurückdenke, ist mir die Erhabenheit dieses Moments gegenwärtig.

In meinen Händen halte ich die Schale Tee. Seine grüne Farbe ist ein Spiegel der Natur, die uns alle umgibt. Ich schließe meine Augen, und tief in mir finde ich die grünen Berge und das klare Wasser der Quellen, und ich werde still, selbst mein Herz wird still, und ich fühle, wie die Welt ein Teil von mir wird. Das Knistern der Holzkohle, der Duft des Tees, der singende Kessel, die Wärme, das Eis ringsum, das Atmen vieler schlafender Seelen in einer Stadt aus Blech und Beton und den unergründlichen Gebirgshängen und dem dahinterliegenden Ozean.

Und ich sehe sie vor mir, ihr Gesicht neben meinem, als wäre es keine drei Minuten her. In einen dunstigen Schleier gehüllt, blickt sie mich an, fragend, ahnend, sterbend. Blut rinnt aus ihrem Hinterkopf, schwarzes Wasser tropft aus ihren Haaren, und ich sehe Lucinda, sehe mein Leben, und wie alles zu eisiger Februarluft gefriert.

Erst jetzt merkte ich, dass eine Hand auf meiner Schulter ruhte. Ich schlug die Augen auf.

Der Mann war mir fremd. Er trug einen schweren Wollmantel und hielt eine schwere Taschenlampe in der Hand. Seine unerwartete Anwesenheit in diesem Schrein war unwirklicher als die langsam verblassende Erscheinung Lucindas an meiner Seite.

Ich starrte den Japaner an, vergebens nach Worten suchend.

Dorgan stand fertig angekleidet vor dem niedrigen Durchgang. »Das ist Tamura-san. Er führt uns zu meinem Vater.«

Als ich mich verwirrt erhob, noch immer wackelig auf den Beinen und ergriffen von miteinander ringenden Gefühlswallungen aus Schuld, Wut, Trauer und Sehnsucht, verbeugte sich Izumi Matsuda und senkte ihr ergrautes Haupt. Ich tat es ihr gleich.

Ein glitzerndes Tuch aus Sternen zog sich über das Firmament, als wir über den knirschenden Schnee des Odori-Parks schritten. Die Taschenlampe von Tamura leuchtete uns den Weg zwischen Eisfiguren in den wundersamsten Formen und Größen. Eine funkelnde Oase inmitten der Großstadt, die wie ein Märchenland anmutete. Da gab es Paläste mit gewaltigen Eistürmen, die sich bis zu zwanzig Meter in die Nacht schraubten, oder Tier- und Fabelwesen mit derart winzigen Details, dass sie auf die Entfernung mit dem bloßen Auge kaum auszumachen waren.

Niemand sonst war mehr unterwegs. Es schien, als hätte man den Park für Besucher gesperrt, vielleicht war es auch einfach schon zu spät und kalt geworden.

Ich wusste, dass wir uns endlich dem wahren Grund meines Hierseins näherten. Man hatte mich lange im Unklaren gelassen, dann zu einer aufwühlenden und kaltblütigen Grausamkeit gezwungen, im Namen der Gerechtigkeit, wie ich geglaubt hatte. Und dann schickte man mir einen eingebildeten Jungen, der mich und meine Gefühle auf dem Weg zum Treffpunkt mit Amintore Fink auf die Probe stellte.

Und noch immer wurde mir verschwiegen, worum es

überhaupt ging. Was sollte ich in Japan? War der Auftrag mit dem Tod von Lucinda Brennan bereits erfüllt? Oder war es erst der Anfang? Ich war Soldat, Agent, Teil des Apparats, der sich auf mich verließ, um zu funktionieren. Also musste ich gehorchen. Doch dies fiel mir von Schritt zu Schritt schwerer.

Wäre es nicht Fink gewesen, der mich gerufen hatte, meine Vorsicht wäre ungleich höher gewesen. Aber aus irgendeinem Grund glaubte ich an ihn und seine Vision, die er mir irgendwann offenbaren würde. Ich hatte es in seinen Augen gesehen. Er strebte nach Höherem, und sein bedingungsloser Wille zog mich an wie das Licht die Motte. Ich hoffte nur, ich würde nicht verbrennen.

»Wir sind da«, sagte Tamura.

Dorgan griff nach meiner Hand. »War schön, Sie kennenzulernen.«

Die beiden zogen sich langsam zurück.

»Was soll das? Wo wollt ihr hin?«

Ich wäre ihnen hinterhergeeilt, hätte ich nicht die Bewegung wahrgenommen, unmittelbar hinter der Eisfigur eines sich windenden Drachen. Allein der Kopf der mythologischen Kreatur war doppelt so groß wie ich. Hoch und mächtig überragte mich das Geschöpf, und dahinter erstrahlte mit einem Mal ein fahlgrünes Leuchten. Der giftige Schimmer erfüllte das Eis mit seiner Kraft und legte sich wie ein magischer Schleier über mich.

Instinktiv griff ich nach meiner Waffe und wirbelte herum, aber Dorgan und der Japaner waren in den Schatten verschwunden.

Dann hörte ich das beherrschte Lachen.

»Verzeihen Sie«, kam die Stimme näher, belustigt und von einer schneidenden Kälte belegt. »Aber ich konnte dieser kleinen Inszenierung nicht widerstehen. Immerhin werden wir heute Nacht Geschichte schreiben, Luther.«

Amintore Fink!

Er trat hinter der Drachenskulptur hervor, in einen weißen Pelzmantel gehüllt und auf dem Kopf einen altmodischen Hut, wie man ihn in den dreißiger Jahren getragen hatte. Nicht zum ersten Mal fiel mir auf, wie wenig er sich seit unserem ersten Treffen vor vielen Jahren verändert hatte. Er war kräftig, drahtig, das volle Haar und die strahlend blauen Augen hätte man eher einem jüngeren Menschen zugeordnet. Er war ein Mysterium, und selbst in den Regierungskreisen, in denen er verkehrte, fiel nie sein Name. Er kam und ging wie ein Phantom, aber er hatte großen Einfluss und verfügte über besonderes Wissen. Ich betrachtete ihn mittlerweile als meinen letzten Lehrer, denjenigen, der mir beibringen würde, mein noch ungenutztes Potential zu nutzen, früher oder später.

Danach würde ich ihn nicht mehr brauchen.

Wie naiv ich damals war!

»Ein ganz schönes Theater, das Sie hier abziehen«, erwiderte ich betont locker und ließ meine Waffe wieder in den Halfter unter dem Mantel gleiten. Vergeblich hielt ich nach der ominösen Lichtquelle Ausschau, die die Szenerie in das blassgrüne Feuer tauchte.

»Nicht *ich* habe den Treffpunkt ausgesucht, Luther.«

»Nein?«

»Nennen wir sie meine … Verbündeten.«

»Ihre Verbündeten, Mister Fink? Ich hoffe, ich finde nicht heraus, dass ich die ganze Zeit für den japanischen Geheimdienst gearbeitet habe.«

Es sollte ein Scherz sein, um die angespannte Situation zu lockern, aber in meinem Inneren breitete sich eine dunkle Vorahnung aus. War Fink im Begriff, mir seine Stellung in der Welt zu offenbaren? Hatte unsere Beziehung einen entscheidenden Wendepunkt erreicht? War die Zeit gekommen, aus meinem bisherigen Leben auszusteigen? Nicht länger nur Aufträge annehmen und ausführen, sondern Entscheidungen treffen und mein eigenes Schicksal steuern?

»Meine Verbündeten pflegen ihre eigenen Entscheidungen zu treffen und selbst mich über ihre Beweggründe im Dunkeln zu lassen, Luther. Sie verfügen über das Wissen von Äonen. Der Große Plan reift endlich zur Vollendung.« Er atmete tief durch. »Es wird eine Rückkehr geben, eine Wiederkunft, und die Vorbereitungen laufen. Sie aus dem Blickfeld der kanadischen Regierung und anderer nervtötender Individuen zu schaffen, war nicht leicht. Es erforderte Geduld und Kalkül. Ich musste Sie vorbereiten, schulen, und testen. Dafür möchte ich mich … entschuldigen.«

Ich verschränkte die Arme vor der Brust, um Stärke zu demonstrieren, doch insgeheim fragte ich mich, warum er nicht endlich mit der Sprache rausrückte. »Kriege ich jetzt etwa mein Abschlusszeugnis, Sir?«

»Abschlusszeugnis, sehr schön. Das gefällt mir. Sie haben oft gegen Autoritäten aufbegehrt, Luther. Ihre Liste disziplinarischer Strafen ist beachtlich.«

»Sir, ich vertraue Personen und nicht Institutionen. Nur weil jemand ein Abzeichen trägt, muss er nicht zwangsläufig bei klarem Verstand sein. Also habe ich es immer vorgezogen, mein eigenes Urteil zu fällen.«

»So wie auf der Ocean Spirit?« Da war etwas in seiner Stimme, das ich schlecht zu deuten vermochte. Triumph?

»Ich vertraue Ihnen, Sir, weshalb ich Ihre Entscheidungen nicht in Frage stelle«, sagte ich, nicht sicher, dass dies noch immer der Wahrheit entsprach.

Lucinda war kaum einen Tag tot. Ich hatte sie aus meinem Bewusstsein löschen wollen. Aber die Teezeremonie hatte es verhindert.

»Also sind Sie loyal, Luther. Mir gegenüber.« Fink schien zufrieden. »Das war mir wichtig. Je weniger Sie an mir zweifeln, je stärker Ihr Glaube an mich ist, desto leichter wird alles für Sie werden.«

»Ich vermute, Sie haben eine neue Mission für mich.«

»So ist es. Wir haben lange nach jemandem wie Ihnen gesucht. Sind durch viele Täler der Tränen gegangen. Aber ich bin überzeugt, Sie sind der richtige Kandidat für unser Vorhaben.«

»Was soll ich tun, Sir?«

»Oh, Sie brauchen wenig zu tun. Ihr Körper ist ideal, Ihre angeborenen Reflexe und Selbstheilungskräfte, Ihre Ausbildung, Ihr Wissen und Ihr Durchhaltevermögen werden sich auf Ihre Nachkommen übertragen. Es geht nicht nur um organische Zellen, Luther, es geht um alles, um das ganze Paket.«

»Ich verstehe nicht ganz, wovon Sie sprechen … Was für Nachkommen?«

»Vermutlich wird man mit Ihren Erinnerungen etwas pfuschen, um keine Schuld- oder Rachegelüste aufkeimen zu lassen, die Ihre künftige Entschlossenheit gefährden könnten. Aber ansonsten werden Sie Zeuge einer einzigartigen Evolutionsstufe menschlicher Existenz. Nein, nicht nur Zeuge. Sie selbst werden zur höchsten Errungenschaft der Phase Fleisch. Unglücklicherweise werde ich Sie dafür eine Zeitlang entbehren müssen, aber man hat mir garantiert, dass ich Ihre Kinder erhalte und diese mir ebenso verbunden sein werden wie Sie.«

Amintore Fink wischte sich mit einem bestickten Stofftaschentuch eine nicht vorhandene Träne aus dem

Augenwinkel. Er hätte die Unterhaltung auch in einer fremden Sprache führen können. Der Effekt war derselbe. Ich verstand kein Wort.

»Oh, Sie sind verstört, Luther? Keine Sorge, das geht vorbei. Wenn ich Ihnen eines versprechen darf, dann Klarheit. In gewisser Weise werden Sie weiter und deutlicher sehen, als ich es jemals vermögen werde.« Er senkte seine Stimme, und ich nahm ein stetes Summen im Hintergrund wahr. Es kam aus Richtung des Leuchtens. »*Die andere Seite* … Sie werden sie sehen, und wenn ich mich nicht in Ihnen getäuscht habe, werden Sie dort über- und weiterleben. Ein Los, das nur wenigen vergönnt ist.«

»Ich möchte nicht respektlos erscheinen, Sir, aber sind Sie übergeschnappt? Was reden Sie da für einen Unsinn?« Ich war sauer. Ich war von Ungeduld zerfressen und spürte den Schmerz des Verlusts in meiner Brust. Wegen ihm hatte ich getötet, aber zu welchem Zweck? Ich wollte endlich Gewissheit! »Was ist mit Lucinda Brennan? Was hat Sie wirklich verbrochen?«

Meine Frage irritierte ihn offenbar. »Wer?«

»Lucinda Brennan. Die Fotografin, die ich –«

»Ach, das hübsche Ding. Jammerschade, aber notwendig. Wie sagt man so schön: zur falschen Zeit am falschen Ort.«

Ich ballte die Faust, hatte Antworten erwartet, stattdessen zelebrierte mein Gegenüber eine Selbstbeweihräucherung auf sein eigenes, geheimes Projekt, dem er so entgegenfieberte. Das, was mich an seinem verzogenen Sohn gestört hatte, fiel mir nun zum ersten Mal an ihm auf. Die Fassade bröckelte. Mein Förderer, den ich immer bewundert hatte, ließ die Hüllen fallen. Seine Eitelkeit, die kaltblütige Arroganz, alles Zeichen, die ich zuvor als Stärken gedeutet hatte, machten ihn plötzlich zu einem schmierigen Schauspieler und Strippenzieher.

Ich fing an zu begreifen. Er hatte mich benutzt. Mich getestet.

»Es ist so weit, Luther. Meine Verbündeten warten. Ich habe getan, was ich konnte, um Ihren Körper und Ihren Verstand auf diese unvergleichliche Aufgabe vorzubereiten. Sie werden vollführen, was bisher kein Mensch vor Ihnen zu leisten imstande war. Sie werden der König einer neuen Spezies. Unter meinem Kommando.«

Er war irre. Ein Wahnsinniger. Von Machthunger und Größenwahn zerfressen. Vorausahnend tastete ich nach meiner Waffe.

»Bakerman sucht seinen Erlöser«, rief Amintore Fink in die Nacht hinaus. »Aber ich habe meinen lange vor ihm gefunden.« Sein Grinsen erinnerte an ein Raubtier, das die blanken Zähne fletschte. »Sie, Luther, werden mich von meinen lästigen Plagen erlösen. Bis dass der Tod uns scheidet!«

Es war, als hätte eine unsichtbare Glocke sich über den Park gelegt, die alle anderen Geräusche und Lichtquellen verschluckte. Die Nacht entflammte im Pulsieren des nun erkennbaren Wolframtores hinter dem monumentalen Eisdrachen. Das silbrige Geflecht aus Metall war groß wie ein Scheunentor.

»Ihr Ticket in die Ewigkeit, Luther.«

Und noch etwas anderes vermischte sich mit dem plötzlich allgegenwärtigen Geruch nach Ammoniak: der Pesthauch wie von altem Leder.

Ohne mich umzudrehen, wusste ich, was sich da hinter mir manifestiert hatte. Dasselbe Biest wie vor vielen Jahren in Fairlane. Eine alptraumhafte Erscheinung, die zu beschreiben mir die Worte fehlten. Ein Grauer Engel.

»Das sind Ihre Verbündeten, Fink?!«

Es war vorbei.

Es gab kein Entrinnen.

»Ich gestehe, ich war fasziniert von Ihren Schilderungen über die Ereignisse in Fairlane. Mit Hilfe meiner Ressourcen ist es mir tatsächlich gelungen, Kontakt aufzunehmen. Es war, als hätten sie in mir einen der ihren erkannt.« Sein Lachen klang plötzlich unecht, unsicher. Er wähnte sich mächtig und stark, aber auch er war nur ein Diener und Knecht im Angesicht dieser monströsen Ausgeburt.

Er war nur ein Mensch.

Der faulige Atem in meinem Nacken raubte mir fast die Besinnung. Ich hörte das Brüllen des Wesens, sah das grüne Feuer vor mir und handelte im Angesicht dieser auswegslosen Situation, wie ich es für entsprechende Fälle gelernt hatte: Ich kämpfte!

Meine erste Kugel, nachdem ich mich blitzartig zur Seite geworfen hatte, sprengte den Schwanz des Eisdrachens in Myriaden winziger Splitter. Die zweite erwischte Fink am rechten Oberarm. Er schrie vor Zorn, Schmerz und Enttäuschung.

Zu einem dritten Schuss kam es nicht.

Krallen bohrten sich in meine Schulterblätter wie Widerhaken, an denen Rinder zum Ausbluten aufgehängt wurden.

Ich erstarrte, unfähig, mich zu bewegen. Meine Wirbelsäule erschlaffte, meine Arme hingen taub zu Boden.

Dann ließ es mich fallen.

Ich stürzte so heftig in den Schnee, dass das Eis mir Wangen und Lippen zerschnitt. Aus irgendeinem Grund ließen sich meine Augen nicht schließen.

Dann erschien über mir das Gesicht des jungen Dorgan. Er machte ein Foto. Ich hörte seine Stimme:

»Das reicht für die Akten. Sein Sarg wird leer sein. Er hat weder Familie noch Freunde. Es wird eh niemanden interessieren.«

Ich wollte aufbegehren, mich wehren oder zumindest aufrecht sterben, stattdessen packte mich eine übernatürliche Kraft, umhüllte mich mit dem Geruch ledriger Schwingen und schleuderte meinen widerstandslosen Körper wie einen wertlosen Müllbeutel durch das Wolframtor.

Schwerelosigkeit ... Es war ein Gefühl wie bei meinem ersten Fallschirmsprung, nur dass ich ohne jede Orientierung fiel.

Es ging so schnell, so unvermittelt.

Mein Verstand stritt mit der Erkenntnis, dass ich schwebte. Ich fühlte mich wie ein Sterbender im Weltall, dessen ungehörte Schreie von der unendlichen Weite erstickt wurden.

Ich hatte die Schwelle durchbrochen und trieb meiner Erfüllung entgegen.

Da war Licht. Da war ein Tunnel.

Da war ein Sog, der mich mit sich nahm durch arktische Kälte und Höllenfeuer.

Ein klarer Ton, schrill und unerschütterlich, als könnte er alle Dimensionen des Kosmos in Schwingung versetzen, gellte durch die Ewigkeit. Und als der peinigende Laut endlich verklang, da legte sich Totenstille über alles.

Die Materie meines Körpers löste sich auf, Gefühle und Gedanken zerstoben zu feinem Pulver. Ich war nicht länger Luther Niles, ich war kein Mensch mehr, nur noch eine Ansammlung von Zellen und Atomen, winzige Bausteine, die sich im Angesicht der letzten Wahrheit zerteilten und flohen.

Dann folgten die Qualen, die unvorstellbaren Qualen, und nichts konnte mir beistehen. Ich war allein. Für immer allein.

Nur ich und der Schmerz.

Es war Chaos.

Feuer, Hitze, Glut, nicht die biblische Hölle oder Dantes Inferno, nein, nichts derart Profanes, sondern eher eine Urgewalt, die mein Innerstes nach außen kehrte, um die Grundlagen meiner nackten Existenz neu zu ordnen.

Aber ich schrie meine Qualen hinaus.

Und von meinen Schreien erwachte ich aus der hypnotischen Starre, in die mich der Übergang auf die *andere Seite* getrieben hatte.

Für ihr Zuchtexperiment hatten sie mir eine Zuflucht geschaffen, die mich in ihrer Welt der anderen Seite schützend umspannte.

Der sechsfache Hunger ist die Ursache des Leidens: der Hunger zu sehen, zu fühlen, zu schmecken, zu riechen, zu hören und zu wissen. Ist dieser Hunger gestillt, endet das Leiden.

Ich kann nur undeutlich wiedergeben, was mir widerfuhr, was ich sah, hörte, fühlte, schmeckte, roch, begriff.

Die Blockade, die sie mir eingepflanzt haben, ist noch immer vorhanden. Sie wollen ihr Geheimnis wahren, bis zur Rückkehr.

Aber ich weiß, dass ihre Stimmen menschlich klangen, wenn auch fremdartig und angestrengt, wie von Kreaturen, die es seit Tausenden von Jahren nicht mehr gewohnt waren zu sprechen.

Nadeln, Wunden, Spritzen, Wunden, Bisse, Wunden, Schmerzen, Blut, Eiter, Wasser, Wunden, eine zeitlose Marter, während sie mich zu züchten begannen. Alles von mir. Jeden Teil.

Ich war nicht der Erste, mit dem sie es versuchten,

aber der Erste, bei dem es funktionierte. Ich erfüllte ihre Hoffnungen, dass der menschliche Körper und die menschliche Psyche strapazierfähig genug waren, um der Phase Fleisch zu dienen und damit auch den beiden noch bevorstehenden Phasen ihres Großen Planes.

Ich sah Ebenbilder von mir durch benachbarte Tanks gleiten, wo sie sich auflösten und neu formten. Ich hörte meine eigene Stimme mit mir im Zwiestreit liegen. Ich gebar Leben, ein Wunder der Schöpfung, zu dem sonst nur Frauen imstande waren, und ich sah meine Nachkommen sterben. Immer und immer und immer wieder. Und jedes Mal hoffte ich, dass nicht mein Kind, sondern ich aus dem Leben treten würde.

Aber ich starb nicht.

Ich war zum Leben verdammt.

Meine regenerativen Selbstheilungskräfte, meine anerzogene Disziplin und der Selbsterhaltungstrieb, gepaart mit schrecklichen Präparaten, die durch meine Venen gepumpt wurden, ließen mich weiteratmen.

Jenseits des Refugiums in der diesseitigen Welt, die wir alle die Erde nennen, vergingen viele Jahre, doch für mich glichen sie Millionen.

Ich klammerte meinen letzten Funken Verstand an die Erinnerungen, warf die restlichen mir noch gebliebenen Bilder und Emotionen wie einen Anker hinaus in die Finsternis des nachtschwarzen Pazifiks. Auf der Suche nach Rettung. Nach Frieden.

Nichts half. Eltern. Freunde. Nur die Musik ... Der Tango. Und Lucinda.

Ein trauriger Gedanke, den man tanzen kann. Nach und nach erhob sich die Wehmut des Vier-Achtel-Takts, die Sehnsucht nach meiner verlorenen Heimat und der Schmerz des Abschieds.

Ich versuchte, mir alles einzuprägen. Jede Erinnerung

und, noch wichtiger, jedes Gefühl. Die Liebe zu meinen Eltern, die Freude an der Musik, wenn ich tanzte und die Drehorgel spielte und das Rad sich drehte und Vater die Messer warf. Selbst meine Angst, meine grenzenlose Furcht vor dem Schmerz, wann immer mich die Messerspitzen streiften, mir ins Fleisch schnitten, all das saugte ich verzweifelt in mich auf. Versuchte es zu fassen, in mir zu vergraben wie Boote der Erinnerung, die man am Ufer vertäute, bevor der Sturm kam und sie fortreißen konnte.

Und der Sturm kam …

Als meine Nachfahren, meine Kinder, hinausgesandt wurden, da konnte ich mit ihnen fühlen und denken. Sie waren räumlich von mir abgeschnitten, dennoch blieben wir verbunden, wie multiple Persönlichkeiten.

Sie begannen zu dienen. Seelenlos, bedingungslos. Und sie kehrten immer wieder zu mir zurück, wenn sie starben. Ich sammelte unsere Erfahrungen und übertrug sie durch meine neu geschaffene Existenzform in perfekter, symbiotischer Verbindung auf die nächsten Geburten.

Amintore Fink hatte gewonnen. Sein Plan mit mir war aufgegangen. Ich war zu seinem Diener geworden, unsterblich wie er, wenn auch auf andere Weise.

Um mich selbst zu schützen, veränderte ich mich. Ersetzte Freude durch Schmerz, Glückseligkeit durch die transzendente Erfahrung des absoluten Losgelöstseins von Körper und Sterblichkeit. Ich klammerte mich an mein Leiden und trotzte dem Wahnsinn, indem ich meine wachsende Allmacht zu genießen begann. Mir war alles geraubt worden, ich war zu einer Zuchtmaschine mutiert, eine Brutstätte, ein Werkzeug in den Händen höherer Mächte, die ich nie mit eigenen Augen zu sehen bekam.

Alles, was mir blieb, war, meine Kinder mit den letzten noch irdischen Gedanken zu füttern, wann immer sie neu in die Welt geschickt wurden.

Sie wuchsen durch ihre Erfahrungen, die sie für mich sammelten, sie starben, wurden neu geboren, und ich gab ihnen meine Gedanken. So entwickelten sie sich weiter. Oder genauer: *wir uns*.

Sie ahnten nicht, dass ich meine Flucht vorbereitete.

Niemand ahnte das.

Ich blieb geduldig. Litt weiter, voller Sehnsucht nach ewigem Frieden. Entschlossen, mich zu rächen.

7

»Biegen Sie da vorne ab«, sagte Joyce.

Die Siedlung verlor sich vor dem herben Grün der urwüchsigen Regenwälder wie ein unscheinbares Pilzgeflecht. Old Anchor lag unmittelbar an einen kleinen See gebettet, der einige hundert Meter weiter in den Skeena River mündete.

Die Holzhäuser besaßen dieselbe rustikale Kastenform und unterschieden sich einzig in ihren Größen. Großflächige Zeichnungen, die Farben lang verblasst oder vom Niederschlag ausgewaschen, schmückten nahezu alle Häuserfassaden.

Eine vom Unwetter aufgeweichte Straße schlängelte sich durch das Dorf und verlor sich dann im diesigen Grau des Nachmittags. Obwohl der Sturm vorbeigezogen war, schienen die Bewohner Old Anchors den Tag weiter zu meiden. Die meisten der Fensterläden waren geschlossen, hier und da schimmerte zwar warmes, goldenes Licht hinter den Scheiben, doch unterwegs war niemand mehr.

Larry Newman steuerte den Landrover einen Hang hinauf und lenkte ihn dann auf den einzigen ausgeschilderten Parkplatz. Der Motor erstarb. »Sehen Sie das Lokal? Fragen wir da mal nach George Mullin.«

Joyce war einverstanden. Als sie aus dem Wagen stieg, versanken ihre Stiefel bis zum Knöchel im schlammigen Boden.

Vor dem Lokal, eines der größten Blockhäuser in Old Anchor, erhob sich ein über sieben Meter hoher Totempfahl.

»Die Gitksan sind der hier ansässige Stamm.« Joyce Kramer ließ ihre Finger über das feuchte Holz gleiten, das von geschnitzten Tierfratzen und indianischen Ornamenten überzogen war.

»Es leben um die achtzigtausend Menschen zwischen den Bergen und dem Meer.«

»Das Volk der Flussnebel, stimmt's?!«

Joyce zeigte sich beeindruckt. »Wie's aussieht, haben Sie Ihre Hausaufgaben gemacht.«

»Na klar doch. Die Wurzeln der Gitksan reichen bis zu den ersten Menschen in dieser Gegend. Sie leben hier seit annähernd zehntausend Jahren.« Larry grinste und klopfte gegen den Totempfahl. »Mögen die Geister der Ahnen uns wohlgesonnen sein.«

»Jedenfalls hat Bakerman Sie nicht wegen Ihres Humors angeheuert«, murmelte Joyce. Sie scharrte mit den Schuhsohlen kurz über eine borstige Fußmatte. Das Rasseln einer Glasperlenkette begleitete ihr Eintreten.

»Grace's Tearoom«, stand auf einem Schild neben der Tür. Die Teestube war nicht allzu geräumig und bestand aus vier schweren Eichenholztischen und einem schmalen Tresen. In einem offenen Wandregal reihten sich Becher und Tassen dicht an dicht. Über einem der Tische hing ein gewaltiger, ausgestopfter Lachs. Darunter saß eine ältere Frau in einen Lehnsessel zusammengesunken, den Kopf auf der Brust. Ihr leises Schnarchen erinnerte an eine schnurrende Katze. Aus dem dampfenden Becher vor ihr drang der unverwechselbare Geruch von Jasmin.

»Hallo? Mrs?«

Die Frau zuckte zusammen. »Hmmm?!« Sie hob den Blick und betrachtete Larry und Joyce mit offenem Erstaunen, als wären die beiden die ersten Gäste seit Jahren. »Oje, … ich muss eingeschlafen sein.«

»Sind Sie Grace? Gehört Ihnen dieses Lokal?«, fragte Joyce.

»Und ob. Was kann ich für euch tun?«

»Wir suchen jemanden«, erwiderte Larry, nicht ohne mit unverhohlenem Interesse die aufgereihten Kuchendreiecke auf dem Tresen zu begutachten. »George Mullin.«

»George? Nein, George war heute nicht hier.«

»Aber Sie wissen sicher, wo er wohnt.«

Grace musterte Joyce Kramer argwöhnisch. »Kann schon sein, Schätzchen.« Dann stand sie auf und ging zum Tresen. »Blaubeerkuchen. Der Beste in ganz Old Anchor.«

»Klingt vielversprechend«, grinste Larry. »Also zwei Stücke und Kaffee, wenn er noch heiß ist.«

»So heiß wie schwarz, mein Junge.«

Während die alte Frau zwei Tassen mit starkem Kaffee füllte, trat Joyce an Larrys Seite. »Wir haben keine Zeit für Plauderstunden«, flüsterte sie. »Bakerman wartet auf unsere Rückkehr.«

»Ach, wie ich ihn kenne, hat er eh noch ein Ass im Ärmel.«

»Und wie ich ihn kenne, sollten wir besser genau das tun, was er uns aufgetragen hat.«

»Jetzt kommen Sie schon! Zum einen kann eine Stärkung nicht schaden, zum anderen kriegen wir vielleicht ein paar Informationen frei Haus.«

Joyce Kramer blickte auf ihre Armbanduhr, seufzte und gab sich vorerst geschlagen.

»Kennen Sie George näher?«, erkundigte sich die alte

Frau wie beiläufig, als sie Kaffee und Kuchen auf einem Tablett an ihren Tisch brachte.

»Wir haben uns heute früh beim Angeln am Fluss getroffen.« Larry nahm eine Gabel und probierte ein Stück. »Wow, alle Achtung! Das nenne ich mal eine Blaubeerbombe!«

Sie lächelte. »George wohnt keine hundert Meter entfernt. Das Haus unter den Kiefern. Kann von Glück reden, dass ihm das Dach nicht weggefressen wurde.«

»Weggefressen?«

Grace schenkte den Kaffee nach. »Na, wegen der Borkenkäfer. Die Biester toben sich dieses Jahr so richtig aus, haben hier im Westen rund vierzehn Millionen Hektar niedergemacht.«

»Ich erinnere mich, es kam in den Nachrichten. In Alberta haben sie sogar den Notstand ausgerufen. Wenn's nach unseren sogenannten Forstexperten geht, sind nur die milden Winter an allem schuld. Als wäre das ein Naturgesetz.« Larry kaute sichtlich angetan auf seinem Kuchenstück. »Kein Wort von globaler Erwärmung und deren Ursachen.«

»Na ja, es hat auch mit den wenigen Waldbränden in den letzten Jahren zu tun.« Grace zwinkerte dem ausgestopften Lachs an der Wand zu. »So viel zum Thema Prävention. Mein Ernesto hat immer gesagt: Wenn der Mensch sich einmischt, geht alles schief.«

»Ehh-Hmm«, war alles, was Larry erwiderte.

»Sagen Sie«, schaltete sich Joyce wieder ein, die bisher nur schweigend an ihrem zu heißen Kaffee genippt hatte. »Sind hier vor ein paar Tagen ein paar Engländer aufgekreuzt? Urlauber mit großen Rucksäcken, die in den Wäldern zelten und fischen wollten?«

»O ja. Eine wilde Bande, sehr trinkfest. Fünf an der Zahl, wenn ich mich nicht irre. Wollten nicht auf uns hören.« Sie senkte die Stimme. »Aber wir haben die Jungs gewarnt. Da draußen geht etwas um.«

»Was meinen Sie?«,

»Na, ein tollwütiger Bär oder so, Schätzchen. Was denkst du denn? Bigfoot?«

Joyce zog eine Grimasse.

»Was meine Freundin sagen wollte«, murmelte Larry mit vollem Mund, »Müssen wir uns Sorgen machen? Ich meine ...« Er schluckte das Kuchenstück herunter. »Ich habe da draußen eine Hütte gemietet.«

»Ach, so was kommt hier draußen schon mal vor. In den letzten Tagen sind sogar ein paar Tiere aus dem Dorf verschwunden. Zwei Hunde, ein Haufen Katzen und das Pferd von Jacklyn Rose. Sorgen machen? Nein, die Natur regelt solche Dinge von alleine.« Sie überlegte kurz. »Aber wenn Sie ein Gewehr besitzen, dann tragen Sie es besser bei sich. Das ist mein Rat.«

Larry nickte und schluckte das letzte Stück Kuchen hinunter. Mit der Gabel deutete er auf den Teller von Joyce. »Kein Appetit?«

»Nur zu.«

»Mein Glückstag.«

Zehn Minuten später verabschiedeten sich beide von Grace und folgten der Wegbeschreibung zu George Mullins Haus. Die tiefrote Holzfassade war schon von weitem unter den ausgebreiteten Armen mehrerer hoher Kiefern auszumachen, die ganz offensichtlich von der Borkenkäferepidemie verschont geblieben waren. Der Abend zog auf und warf lange Schatten über das Land.

»Eigentlich wollte ich doch nur Urlaub machen«, seufzte Larry.

»Glauben Sie etwa, das war Zufall?« Joyce hielt an und sah sich um. Am Horizont schimmerten die weitergezogenen Gewitterwolken in leuchtendem Orange.

»Soll ich Ihnen verraten, warum Niles diesen Ort ausgewählt hat? Ihr Urlaubsdomizil?«

»Da bin ich aber gespannt.«

»Es ist für uns alle unbekanntes Terrain. Es liegt abseits der Städte, der Straßen, der Medien. Egal was hier geschieht oder noch geschehen wird ...«

»... so schnell bekommt die Welt da draußen nichts davon mit«, vollendete Larry den Satz.

»So ist es.«

»Also ist es doch eine Falle!«

»Entweder eine Falle, oder Niles ist selbst auf der Flucht. Und je weniger Menschen von seiner Rückkehr erfahren, desto besser für ihn.«

»Aber vor wem könnte Luther Niles fliehen? *Wir* sind doch seine Feinde.«

»Vielleicht wissen Bakerman und Steven schon mehr.«

»Oder George Mullin. Beeilen wir uns.« Larry folgte seiner Kollegin zur Veranda des Hauses. Ein rhythmisches Geräusch ließ ihn aufhorchen. Auf dem Nachbargrundstück lag ein Gartenschlauch im Gras. Die Wasserzufuhr war angestellt und ließ die Spitze des Schlauchs in wilden Bahnen rotieren.

»Moment.« Mit eiligen Schritten überquerte er das Nebengrundstück und folgte dem Schlauch bis zum Wasserhahn an der Hauswand.

»Was zum Henker machen Sie denn da?«

»Nur den Hahn abdrehen. Wer sprengt denn bei diesem Wetter seinen Rasen? Finden Sie das nicht seltsam?«

»Ich finde in diesem Kaff so einiges seltsam. Wollen Sie jetzt vielleicht auch noch ein paar Blumen beschneiden? Oder die Fenster putzen? Kommen Sie endlich!«

Sie betraten die Veranda, auf der eine rostige Hollywood-Schaukel leise quietschend vor sich hin wiegte. Larry wollte gerade den Klingelknopf neben dem Fliegengitter drücken, als sein Arm zurückgehalten wurde.

»Leise. Und schauen Sie sich das mal an!«

Durch das Fenster neben der Eingangstür drang ein bläulicher Schein heraus in die Dämmerung. Hinter der Scheibe konnten Sie das Wohnzimmer erkennen. Die Beleuchtung von drei eindrucksvollen Aquarien spendete künstliches Blaulicht. Handtellergroße Zierfische mit gezackten Flossen zogen darin ihre Bahnen. Im Zimmer selbst hatte sich eine siebenköpfige Gemeinschaft versammelt. Keiner der Anwesenden schien jünger als sechzig. Die Männer debattierten angeregt miteinander, einer schüttelte mit der Faust, ein anderer – eindeutig indianischer Abstammung – schlug sich verärgert gegen die Stirn und schleuderte dann etwas, das wie ein Sheriff-Abzeichen aussah, auf den Boden.

»Was geht denn da ab?«

»Pssst.« Joyce presste ihr Ohr an die Holzwand und versuchte ein paar Gesprächsfetzen aufzuschnappen.

Larry, noch immer irritiert vom aufgedrehten Gartenschlauch, ließ seine Aufmerksamkeit über das Gelände schweifen. Aber alles war ruhig. Fast schon zu ruhig. Das Haus von Mullin war wie alle anderen in Old Anchor schlicht und praktisch angelegt. Ein kniehoher, an der Außenfassade angebrachter Vorbau fiel ihm ins Auge. Es war eine verschließbare Kellerluke, wie sie in ländlichen Gebieten Nordamerikas und Kanadas häufig vorkam. Über eine Stiege konnten so schwere Möbel oder andere Gebrauchsgegenstände in den Keller gebracht werden, ohne dass man die Lasten durch das halbe Haus schleppen musste.

Er verließ die Veranda, huschte an der Wand entlang bis zur Luke und kniete sich hin. Das Vorhängeschloss lag im Gras. Es sah aus, als wäre das Metall durch den Frost des Winters in der Mitte entzweigebrochen. Nur dass kein Winter herrschte, sondern Sommer.

Gebannt hob Larry die Holzluke einen Spalt an, sodass er vorsichtig in die Dunkelheit des Kellers spähen konnte. Keine Regung war auszumachen. Auch kein Laut zu vernehmen. Nur aus dem Haus drangen gedämpft die erhitzten Männerstimmen.

Dann spürten seine Finger die klebrige Substanz. »Was …?« Sie überzog die Kante der Luke als ein dünner Film.

Blut. Und es war frisch.

»Hatte Grace nicht was von verschwundenen Hunden erzählt? Oder einem Bären?«, fragte er sich in Gedanken und spähte in den Keller. Aber wie sollte ein Tier das Vorhängeschloss geknackt haben? Mit dem Gebiss?

Er hob die Luke so weit an, dass man hinabsteigen konnte.

Das Quietschen der Scharniere weckte Joyce' Aufmerksamkeit. »Verdammt, was machen Sie denn da?«, zischte sie, noch immer das Ohr an die Wand gepresst.

Larry Newman führte seinen Zeigefinger an die Lippen und deutete dann in das schwarze Loch zu seinen Füßen. Im nächsten Moment hatte er bereits einen Fuß auf die Treppe gesetzt.

»He, warten Sie …«

Aber schon war er unter dem Haus verschwunden.

Joyce hatte Bakerman immer wieder im Stillen vorgeworfen, mit Steven Burns und Larry Newman zwei unberechenbare Faktoren ins Team geholt zu haben. Unsicherheitsfaktoren nicht in Bezug auf Vertrauenswürdigkeit oder Einsatzwille, sondern auf Disziplin und strategisches Denken – ihnen fehlte die Ausbildung. Bakermans einzige Antwort hatte stets gelautet: »Unberechenbarkeit ist unsere stärkste Waffe. Intuition verbunden mit Initiative ist wichtiger als alle bekannten, einstudierten und vorhersehbaren Überlebensstrategien.«

Aber Joyce Kramer beurteilte die Lage anders. Sie konnten Woche für Woche, Tag für Tag in lebensbedrohliche Situationen geraten, und eine Aktion wie diese war unentschuldbar.

Sie schaute auf ihr Mobiltelefon. Noch immer keine Nachricht von Bakerman. Bei ihm war offenbar alles in Ordnung. So wie hier bislang. Auch wenn Mullins' übereilte Flucht, das seltsame Gebaren der Männer in seinem Wohnzimmer und die Andeutungen dieser Grace sie mehr als misstrauisch stimmten. Aber bislang war nichts geschehen. Vermutlich ist es nur Niles, der die Paranoia in uns weckt, redete sie sich ein.

Dennoch hatte sie keine Wahl. Sie waren ein Team, also musste sie Larry folgen.

Als sie auf Larrys Spuren die Stufen hinab in den Keller stieg, wuchs mit jedem Schritt ihre innere Unruhe. Es war eine irrationale Angst, eine unbeschreibbare Vorahnung, durch nichts wirklich gerechtfertigt – aber sie war da. Sie existierte.

Das Dunkel gewann an Substanz, und Joyce Kramer tastete vorsichtig nach ihrer Waffe.

8

Draußen versank die Sonne hinter den hohen Bäumen, während die Abenddämmerung durch das Fenster kroch und dem Kaminzimmer seine Farben raubte.

Nur das Feuer in Luthers Rücken sorgte für etwas Licht und ließ dessen Schatten an der Wand wie das Abbild eines Riesen erscheinen. Luther Niles machte nicht den Eindruck eines Übermenschen oder einer gefühlskalten Zellmassenreplik. Er wirkte angeschlagen, erschöpft. Trockener Speichel hatte sich auf seinen Lippen gesammelt. Er zitterte.

Trotzdem konnte Steven nicht glauben, dass die Erzählungen wirklich der Wahrheit entsprachen. Allein der perfekt formulierte und modulierte Vortrag war für ihn Beweis genug, dass Niles ihnen etwas vorspielte. Oder besser gesagt, *mit* ihnen spielte.

Der Mann wusste, wie er sie manipulieren konnte. Er kannte Bakermans größte Schwächen: seine Neugier und die Dringlichkeit, fehlende Informationen erfahren zu *müssen*, um gegen die Finsternis bestehen zu können. Aber Steven war sich auch über seine eigene größte Schwäche bewusst, die Niles ausbeutete: die Ungeduld. Schließlich hatten seine eigenen Pläne mit dem Mann zu tun. Im Moment würde er Bakerman mit keiner noch so überzeugenden Geschichte aus dem Zimmer kriegen, so fasziniert war dieser von den Schilderungen über Fink und die andere Seite. In die Augen des kahlköpfigen Mannes war ein beunruhigendes Funkeln getreten.

Lügen, alles Lüge, schärfte sich Steven ein. Er spürte die auflodernden Emotionen in seiner Brust, die Gedankenwellen in seinem Geist, er fühlte, wie Niles dicht an der Wahrheit entlangschrammte, aber eben nur dicht. Er verheimlichte Dinge, Details, Erinnerungen. Er wählte seine Worte mit Bedacht und wusste um ihre Wirkung und Bedeutung. Er spielte mit ihnen.

Steven würde nur ein paar Minuten brauchen. Ein paar Minuten mit Niles allein. Er wusste, er konnte ihn dazu bringen, ihm zu helfen.

Und wenn ihr Kontrahent sich weigerte, würde Steven ihn auf die andere Seite befördern. Wie damals in der Ukraine.

Aber dieses Mal würde er ihn begleiten.

Niles war dort gewesen.

Und Daniel war es noch immer.

Alles, was Steven benötigte, war ein williger Führer durch die Welt der Fahlen, die er im Begriff war zu betreten. Er musste sich überzeugen, ob der Mann vor ihnen der echte war. Ob er tatsächlich um sein eigenes Überleben kämpfte oder wie die anderen, ersetzbaren Züchtungen zuvor das eigene Leben nicht zu bewahren suchte, da er »unsterblich« war, verbunden durch ein kollektives Bewusstsein und immer wieder aufgefangen im Kreislauf aus Tod und Wiedergeburt.

War er ein Mensch?

Mit realen Ängsten und Begierden.

Mit Furcht vor der Vernichtung.

So präsentierte sich ihnen der fremde Mann vor dem Kamin, und doch hatte er zugegeben, dieselben organischen Veränderungen durchgemacht zu haben wie seine Brüder. Er war nicht gealtert, er brauchte keinen Schlaf mehr, er besaß einen Magen für Flüssignahrung. Und natürlich die angeborenen regenerativen Kräfte, die ihn unendliche Qualen hatten durch- und überleben lassen. Aber auf dieser Seite der Existenz war er sterblich, und deshalb würde man mit ihm handeln können.

»Steven, würden Sie das tun?« Bakerman stand am Fenster und schaute hinaus.

»Was …?«, schreckte er aus seinen Gedanken. »Äh, was tun?«

»Was ich eben vorgeschlagen habe: Feuerholz holen. Es wird dunkel. Und kühl.«

Wollte Bakerman ihn etwa ebenso für eine Weile loswerden wie er Bakerman? Verfolgte auch der kahlköpfige Schotte seine persönlichen Ziele mit Niles? Immerhin hatte er schon Larry und Joyce aus dem Verkehr gezogen. Steven musste an ihre Ankunft denken, und an den seltsamen Schalter im Handschuhfach ihres Wagens.

»Ich soll Holz hacken gehen?« Steven verschränkte die Arme vor der Brust. »Das Zeug ist doch eh völlig nass.«

»Kein frisches Holz.« Es war der Tonfall eines weisen Lehrers seinem begriffsstutzigen Schüler gegenüber. »Beim Filetierplatz gibt es einen mit Plane abgedeckten Stapel Brennholz. Larry war in den letzten Tagen recht fleißig.« Mit versteinerter Miene wandte er sich ab.

Steven ahnte, dass alle Ausflüchte vergebens sein würden.

Die untergehende Sonne hatte es nicht leicht, sich zwischen den massigen Redwoods bis zum Waldgrund durchzukämpfen. Die Luft war ganz rein, wie vom vorbeigezogenen Regen geläutert. Glasklares Wasser rann langsam durch einen breiten Bachlauf.

Zwei der steil aufragenden Stämme wirkten wie

Pfeiler einer gotischen Kathedrale, die anderen, etwas krummer gewachsenen Exemplare mit schräg um den Stamm gewickelter Rinde, sahen aus wie eingefrorene Tornados. Die Bedingungen für das Wachstum der Riesenmammutbäume waren hier nah der Westküste Kanadas nahezu ideal. Milde Temperaturen, viel Regen und vor allem in den Sommermonaten viele dichte Nebelbänke, die Stämme, Äste und Blätter feucht hielten.

Larry hatte ihnen vor seinem Aufbruch erzählt, dass die Holzindustrie schon Anfang des vergangenen Jahrhunderts den Bestand auf fünf Prozent heruntergesägt hatte. Soweit Steven wusste, hatte Larry sogar versucht, Bakerman zu überreden, mit dessen besonderen Beziehungen zu Regierung und Wissenschaft etwas für den Schutz der Bäume zu unternehmen. Aber er bezweifelte ernsthaft, dass die Bitten auf offene Ohren gestoßen waren. Bakerman plagten andere Sorgen.

Steven schritt über das Gras, warf einen Blick zurück, wo der Fensterladen zur Wohnstube sich soeben knarrend schloss. Feiner Rauch entstieg dem Kaminschlot und verlor sich in der abgekühlten Abendluft.

Einer Laune folgend wandte er seine Schritte erst zum Wagen, aber jemand hatte vorgesorgt. Die Türen waren verschlossen.

»Na gut, dann lass ich dir halt dein Geheimnis«, gab er sich vorerst geschlagen, auch wenn der Gedanke ihm mehr denn je missfiel.

Er fand die Plane mit den darunter vor Nässe geschützten Holzblöcken und schlug sie zur Seite. Der Geruch des Waldes ließ ihn an vergessene Tage zurückdenken.

Als er noch ein Kind gewesen war, hatten seine Eltern mit ihm und Daniel einmal einen Ausflug in die Wälder unternommen. Um den zwei Brüdern die lange Autofahrt schmackhaft zu machen, hatte ihr Vater ihnen von mystischen Wesen erzählt, die in wundersamen Verstecken unter dem Blattwerk hausten. Elfen und Kobolde und natürlich der Bigfoot, ein alter Verwandter des Yetis aus dem Himalaja, ebenso riesenhaft und behaart und sehr kamerascheu.

Mister Burns hatte den Jungen versprochen, dass derjenige, der die meisten Spuren dieser ominösen Waldbewohner fand, von ihm persönlich als Special Agent in den »Ausschuss für Zwielichtschöpfungen und deren Bewahrung« berufen werden würde. Ein lebenslanges Mandat und mit den wunderbarsten Vollmachten ausgestattet: Beispielsweise erhielt man bei jedem Einkauf im Pacific Centre, einer gewaltigen Shopping Mall im Herzen Vancouvers, immer die erste Wahl auf Süßigkeiten. Denn Schokolade, Weingummi und Lakritze zählten schließlich zu den elementarsten Ködern, um wichtelartige Waldbewohner und den stets hungrigen Bigfoot aus ihren Verstecken zu locken, so ließ ihr Vater verlauten.

Steven war begeistert gewesen und hatte sich sehr angestrengt, denn ihm war klar, dass sein kleiner, damals knapp vierjähriger Bruder Hilfe von den Eltern erhalten würde. Er hatte jedes Blatt und jede Baumwurzel untersucht und war am Ende des ersten Urlaubstages felsenfest überzeugt gewesen, dass er gewonnen hatte. Aber irgendwie hatten Daniel und er beide gewonnen. Der Verdacht manipulierter Beweismittel wie der angekauten Pilze oder zerbrochener Stöckchen am Wegrand war nie gänzlich getilgt worden.

Nach ihrer Rückkehr aus den Wäldern und Daniels Verschwinden war der »Ausschuss für Zwielichtschöpfungen und deren Bewahrung« in Vergessenheit geraten, und die zwei vergoldeten Plastikmedaillen hatten ihr Dasein in Schubladen gefristet.

Steven schulterte das Brennholz und wandte sich ungeschickt zum Gehen. Der Ausschuss, die Kommission, Bakerman – welche Ironie des Schicksals. Wenn sein Vater das geahnt hätte …

Er blieb stehen, spürte, wie seine Beine nachgaben. Dann plötzlich, von einer schweren Bitterkeit erfüllt, begann er erst laut zu lachen und dann zu weinen. Tränen liefen ihm über die Wangen. Die Holzscheite fielen zu Boden. Steven Burns schlug die Hände vors Gesicht, und trotz seiner fünfunddreißig Jahre fühlte er sich wieder wie der kleine zehnjährige Junge, der aufgeregt durch den Wald gepirscht war. Für den Schattenspiele und Wasserplätschern noch Magie bedeutet hatten. Das Kreischen der Vögel, das Atmen der Bäume und die Liebe zu seinen Eltern und seinem Bruder. Eine eisige Faust umklammerte sein Herz, tastete sich Stück für Stück aufwärts, bis sie seine Gurgel umschloss und ihm das Schlucken so schwer machte, dass es ihm Qualen bereitete.

Minuten verstrichen, in denen er, an den Holzstapel gelehnt, mit glasigen Augen einfach regungslos in die Dämmerung zwischen den Bäumen starrte.

Dann sah er das Tier.

Keine zwölf Schritte entfernt, so klar und deutlich auf dem mattgrünen Untergrund, dass er sich fragte, wie er es zuvor hatte übersehen können. Es war ein Biber. Er lag auf der Seite, sein Brustkorb aufgerissen. Dünne Rippenbögen lugten unter dem blutverschmierten Fell hervor.

Steven wagte sich vorsichtig an den Kadaver heran, als er schon den zweiten am Bach erblickte. Die Wunden sahen ähnlich aus. Der Kopf war übel deformiert, so als hätte jemand mit einer Keule zugeschlagen und die Schädeldecke eingedrückt.

Und er fand weitere Tiere. Tödlich verwundet und verendet.

In nahezu gleichmäßigen Abständen führten sie ihn wie eine Brotkrumenspur tiefer hinein in das Dickicht aus Büschen und Farnen.

Kein Laut war zu hören außer seinen eigenen Schritten im Morast, die ihn schmatzend begleiteten.

Die Zelte standen in Sichtweite eines Hochsitzes. Im Vergleich zu den Mammutbäumen mutete die Plattform für Jäger und Naturliebhaber geradezu wie ein Kinderspielzeug an, aber im Falle eines Angriffs durch einen gereizten Bären oder ein Wildschwein konnte sich der Hochsitz möglicherweise als lebensrettend erweisen.

Es waren fünf schmale, langgezogene Ein-Mann-Zelte, die aussahen wir übergroße, aufgeblähte Schlafsäcke. Die Reißverschlüsse waren zugezogen.

In der Mitte des Lagerplatzes gab es eine mit Steinen umrandete Feuerstelle. Die Asche, vom Regen in schwarzen Brei verwandelt, hatte sich durch den Steinkreis hindurch in sternförmigen Bahnen ihren Weg über den Erdboden gebahnt. Ein Kochtopf lag einsam auf der Seite, zur Hälfte gefüllt mit Bohnen und einer beeindruckenden Ansammlung von Käfern und Ameisen, die im Begriff waren, die begehrten Essensreste abzutransportieren.

»Hallo?«, rief er.

Keine Antwort.

Steven überlegte, ob er zurück zur Lodge laufen und seine Waffe holen sollte. Andererseits wurde es bereits dunkel, und die Zeit lief ihm davon.

Er zweifelte nicht daran, dass Bakerman seinen Entschluss, Niles zu töten, in die Tat umsetzen würde. Für ihn war Niles nur eine ferngesteuerte Killermaschine ohne Gewissen. Und ein paar vermisste Rucksacktouristen konnten Bakerman nicht daran hindern, sein Ultimatum einzuhalten.

»Hallo?« Seine Unsicherheit ließ sich nicht gänzlich unterdrücken.

Nichts regte sich.

Nur der Ruf eines Fischadlers hallte einsam durch den Wald. Der Vogel kauerte etwa zwanzig Meter entfernt in den Ästen eines Nadelbaumes. Das dunkelbraune Gefieder tarnte ihn hervorragend, nur die Bauchseite und der Kopf schimmerten in hellem Weiß. Die Augen ruhten wie Perlen in der Gesichtsmaske, regungslos in die Tiefe und auf Steven gerichtet.

»Wenn ich nicht wüsste, dass du nur auf Fische stehst ...«, murmelte Steven und bückte sich nach dem Reißverschluss.

Vorsichtig zog er die Lasche nach unten, jeden Moment damit rechnend, eine Leiche vorzufinden oder von jemandem (oder etwas) angegriffen zu werden.

Aber das Zelt war leer. Eine Isomatte mit Decke, ein offener Rucksack, in dem Konserven gestapelt waren, und ein Reiseführer über British Columbia, das war alles.

Das zweite Zelt bot ebenfalls keine Überraschungen. Ein Haufen T-Shirts und ein paar Anglerutensilien türmten sich zu einem wilden Haufen, unter dem der muffige Geruch wie von verdorbenem Obst hervordrang.

Fast schon erwartete Steven, auch beim dritten keine Aufschlüsse über die angeblich ermordeten Engländer zu erhalten, als er stutzte.

Aus dem Innern vernahm er Geräusche. Ein leises, aber stets Summen.

»Ähh?!«, versuchte er es erneut. »Ist da jemand?«

Er kam sich dumm vor, wie das stereotype Mädchen mit kurzem Rock und bunten Kniestrümpfen in einem dieser schlechten Horrorfilme, bevor es geradewegs dem Monster in die Arme läuft.

Wieder schrie der Fischadler. Wieder starrten seine Augen zu ihm herab.

Er schluckte. Es fiel ihm noch immer schwer. Täuschte er sich, oder wurde das Summen aus dem Zelt tatsächlich lauter? War es nur Einbildung, oder spannten sich gerade die Muskeln des Greifvogels? Und hörte er das Knirschen der scharfen Krallen, die sich ins Holz der Tanne bohrten?

Im nächsten Moment stieß sich der Adler ab, und Steven zuckte zusammen. Doch der Vogel schraubte sich in einem weiten Bogen in die Höhe und verschwand in Richtung Skeena River.

Er atmete tief durch, dann öffnete er das Zelt mit einem Ruck.

Die unerwartete Hitze, die herausdrang, ließ ihn rückwärtstaumeln. Zuerst hielt er es für einen Berg Sprühschaum aus einer Dose oder für einen aufgequollenen Teig, doch dann sah er Haare und Zähne, die spitz und steif aus der gelblichen Masse ragten. Die Haut, die das bisschen Mensch noch umspannte, glänzte wie gesalzener Fisch.

Ein penetranter Gestank nach Exkrementen, rohem Fleisch und Verwesung füllte das zum Brutkasten verwandelte Zelt. Ungewöhnlich massige Schmeiß- und Fleischfliegen schwirrten frischgeschlüpft und sattgenährt hinaus in den Abend.

Von Ekel geschüttelt, kämpfte Steven Burns vergebens gegen den Würgereiz an und übergab sich dann schwallartig auf den Waldboden.

Die Ukraine, die verendenden Züchtungen von Luther Niles, die er hatte verschwinden lassen. All diese Erinnerungen brachen über ihn herein.

Steven Burns wagte keinen zweiten Blick, er wusste auch so, was geschehen war. Vor seinem inneren Auge spielte sich das Schreckenszenario einer Transformation ab, die einen der fünf englischen Reisenden in etwas anderes zu verwandeln versucht hatte. In eine neue Niles-Replik.

Aber es hatte nicht funktioniert, halb Luther, halb Opfer, war die Mutation während der unheilvollen Metamorphose ins Stocken geraten. Erstarrt mitten im Prozess des Verschmelzens.

Wenn einer der Engländer von diesem Mullin am Ufer gefunden worden und ein anderer hier im Zelt verendet war, wo steckten dann die anderen drei? Waren sie geflohen?

Oder war der Umwandlungsprozess bei ihnen erfolgreicher verlaufen?

Zwei Zelte waren noch ungeöffnet und blieben es auch. Steven hatte genug gesehen. Etwas hatte die Tiere angefallen, deren Kadaverspur ihn zum Lager geführt hatte. Es hatte sie getötet und teilweise gefressen.

Die Dunkelheit nahm weiter zu. Die beschaulichen Gedanken an vergangene Kindertage und den Ausflug mit seiner Familie waren wie ausgelöscht. Der Wald strahlte Bedrohlichkeit aus, die Schatten im Unterholz regten sich, begannen vor seinen Augen zu vibrieren.

Die toten Tiere …

Er wischte sich übelriechenden Speichel vom Mundwinkel und blickte sich gehetzt um.

Dann begriff er!

Die Spur hatte ihn von der Lodge hierhergeführt, doch was er hier vorgefunden hatte, ließ nur den Umkehrschluss zu: dass etwas vom Lager zur Hütte gezogen war!

Bakerman warf einen flüchtigen Blick auf sein Mobiltelefon. Er registrierte die vorangeschrittene Zeit und dass noch immer keine Nachricht von Joyce eingegangen war. Auch Steven war noch nicht zurück. Vielleicht vertrat er sich ein wenig die Beine. Er hatte blass ausgesehen und angespannt. Die frische Luft würde ihm guttun.

»Ihr Steven hat sich wohl beim Holzholen verlaufen.« Luther Niles Gesicht war zu einer lächelnden Maske gefroren.

»Erzählen Sie mir mehr von Fink, und *warum* er sie gezüchtet hat!«

Das Lächeln wurde noch künstlicher. »Sie wollen Antworten, nicht wahr? Das ist Ihre große Chance. Welchen Preis sind Sie bereit, dafür zu bezahlen?« Das Holz im Kamin war fast vollständig verzehrt. Die Flammen, die seine Konturen wie einen Schattenriss umspielten, sackten immer weiter in sich zusammen.

»Ihre albernen Spielchen ermüden mich allmählich. Also bringen Sie jetzt bitte Ihren Bericht zu Ende.« Die auf Niles gerichtete Waffe verdeutlichte, dass Bakerman seine eigenen Worte nicht wirklich als Bitte verstand.

9

»Ein Auftrag war wie der nächste. Sie bedeuteten mir nichts. Nicht das Geringste.

Ich ließ meine Kinder auf die Welt los und war stolz, wann immer sie ihren Zweck erfüllten. Aber Gerechtigkeit, Sinn, Nutzen, all diese Worte waren zu unverständlichen Lauten geworden, ihre Präsenz in meinem Geist formte sich nicht länger zu moralischen Grundzügen und Verhaltensmustern. Das hatte mir die andere Seite ausgetrieben. Ich überlebte. Das allein beherrschte mein Dasein.

Und natürlich lernte ich.

Allem voran lernte ich über die Finks. *Sie* hatten mich hierhergebracht. Mit ihrer Hilfe würde ich entkommen. Irgendwann. Zeit war bedeutungslos geworden. Aber das Ziel war nicht verloren.

Die Fremden, mit denen sich mein ehemaliger Förderer verbündet hatte, hielten eine telepathische Brücke zwischen mir und meinen Kindern aufrecht. Nur so war gewährleistet, dass die Evolution an mir, ihrem Prototyp, nicht vorbeiging.

Wenn ich im Folgenden »ich« sage, so meine ich nicht unbedingt mich, den Menschen Luther Niles, den Sie jetzt vor sich sehen. Die Grenze zwischen Original und Fälschung wird von nun an fließend. Daher werden Sie mich auch von »uns« sprechen hören, es lässt sich nicht vermeiden.

Das Prinzip der Züchtungen war nämlich nicht allein die Reproduktion, sondern die evolutionäre Weiterentwicklung. Das Lernen und Voranschreiten. Ich war der Ursprung und diente als Schaltzentrale für meine Nachkommen. Ich verarbeitete die Erfahrungen, sondierte sie und gab mein Wissen weiter.

Zwar unterstand diese nur abstrakt nachvollziehbare Form der netzwerkartigen Verbindung zwischen mir und meinen Ebenbildern einer permanenten Kontrolle und Zensur durch Finks Verbündete, aber im Endeffekt waren wir ein kollektives Bewusstsein, wenn auch getrennt durch Zeit und Raum. Und Finsternis.

Ob sie planten, irgendwann ganze Völker zu züchten, oder ich einfach als Waffe eingesetzt werden sollte, wie es momentan der Fall zu sein schien, wusste ich nicht. Es interessierte mich auch nicht.

Ich musste vorsichtig sein, achtsam und unauffällig. Ich achtete auf alles, was ich über sie erfahren konnte, ich hielt die Verbindung, ohne aufzufallen, und schickte Impulse hinaus in die »richtige Welt«, wie ich sie zu nennen begann.

Und das, obwohl meine Qualen nicht vorbei waren. Der Schmerz hatte nachgelassen, war zu einer chronischen Überlastung meiner Nervenzellen geworden, aber jeder Tod eines meiner Ebenbilder versetzte mich in ekstatische Schockzustände.

Sie hielten mich weiterhin gefangen, in einem Körper aus Fleisch und Blut, geschützt vor der offenbar für Menschen lebensfeindlichen oder einfach nicht begreifbaren Umgebung ihrer Welt.

Wer sind die Fremden, wollen Sie wissen?

Wer kann das sagen?

Sie waren nie so töricht, sich mir oder selbst den Finks vollständig zu offenbaren.

Wir waren nur Menschen. Wir dienten ihrem Großen Plan. Aber wir waren auch unberechenbare Variablen, lebendige Organismen, die in letzter Instanz immer an ihr eigenes Überleben dachten. So wie das Insekt auf der Fensterbank, wenn sich der Schatten der Fliegenklatsche darüberlegt.

Sie konnten uns zertreten, aber das würde nicht ihrem Zweck dienen.

Zwar brachten sie uns in Kontakt mit ihren furchtbarsten Dienern und Errungenschaften, aber sie hüteten das Geheimnis ihrer eigenen Existenz.

Ich will Ihnen ein paar Beispiele nennen, die erklären, wie das kollektive Bewusstsein zwischen mir und meinen Kindern funktionierte, beziehungsweise wie ich meine Flucht im Geheimen plante. Das wird dann auch verdeutlichen, weshalb wir heute in dieser Hütte sitzen und was dort draußen geschieht. Ich weiß, uns bleibt nicht mehr viel Zeit, Bakerman, deshalb fasse ich mich kurz.

Ich erinnere mich an einen sonnigen Vormittag in Vancouver. Mit zeitlichen Komponenten tue ich mich mittlerweile etwas schwer, aber es kann nicht länger als zwei oder drei Jahre her sein. Es war Frühling, daran erinnere ich mich. Die Bäume schlugen aus, Vögel kehrten zurück, und die Menschen der Stadt schienen der warmen Jahreszeit entgegenzufiebern, mit beseelten Gesichtern und schwungvolleren Schritten.

Ich, das heißt eines meiner Kinder, stand Ecke Oak Street und West 10th Avenue unter den Zweigen eines Ahorns und beobachtete, wie die ersten Gäste an diesem Morgen an den Tischen eines Straßencafés Platz nahmen, Zeitung lasen, auf Verabredungen warteten.

Dorgan Fink war mittlerweile zu einem Mann um die

dreißig herangewachsen. Er unterhielt sich bei einem Espresso mit einem fettleibigen, südamerikanisch aussehenden Mann, der eine schief sitzende Baseballmütze mit dem Logo der New York Knicks trug. Ich kannte weder den Namen noch die konkrete Biographie des Mannes, aber das war auch unwesentlich.

Ich war nicht hier, um abzuwägen, sondern um zu handeln.

Die beiden lachten viel, man hätte sie für alte Freunde halten können. Aber das waren sie nicht. Dies war ein Geschäftstreffen.

Und ich hatte den Auftrag, der aufkeimenden Beziehung ein abruptes Ende zu setzen.

Als ich die Straße überquerte, erspähte mich Dorgan bereits. Seine ohnehin schon tiefliegenden Augen verengten sich zu Schlitzen. Unwillkürlich lehnte er sich in seinem Stuhl zurück.

»Luther«, begrüßte er mich mit herablassendem Blick. »Die Hölle ist leer, und alle Teufel sind hier.«

Der Südamerikaner schmunzelte und nippte an seiner Espressotasse.

»Er geht mit einem Lächeln von uns, wie schön«, erwiderte ich und legte meine Hände um den Hals des fetten Mannes.

Die Verwirrung lähmte ihn kurz, und das Knacken seiner Halswirbel überlagerte sich mit dem Zerspringen der Tasse auf dem Asphalt.

Seufzend ließ ich den Kopf auf die Tischplatte fallen. Es gab ein sattes Geräusch, als wäre ein saftiges Stück Kuchen vom Teller direkt auf den Boden gerutscht.

»Wie ich gehört habe, tanzte dieser Bursche auf mehreren Hochzeiten.« Ich konnte mir ein Grinsen nicht verkneifen. »Ihr Vater wollte Ihnen gerne diesen ›ungebührlichen Umgang ersparen‹, wie er sich ausdrückte.«

Ohne mich noch einmal umzudrehen oder auf die entsetzten Schreie des Kellners hinter mir zu achten, ließ ich Dorgan Fink am Tisch zurück und schlenderte in die gegenüberliegende Seitengasse.

Ich genoss meinen Auftritt, das heißt den meines Kindes. Ich war stolz auf seine Effizienz und zufrieden über das versteinerte Gesicht Dorgan Finks.

Sein Vater hatte ein Exempel statuieren wollen.

Es war eine Erziehungsmaßnahme. Dorgan sollte gehorchen und eigene Aktivitäten auf ein Minimum beschränken. Für Amintore handelte es sich nur um ein weiteres Rad im Zählwerk, das es von Zeit zu Zeit zu ölen und neu zu justieren galt.

Die Weltgeschichte ist eine lange Episode von Kindern, die ihre Eltern irgendwann abzulösen gedenken. Das ist der Lauf der Welt: Die Jungen ersetzen die Alten. Die Starken ersetzen die Schwachen. Aber Amintore Fink alterte nicht mehr. Wie Sie, Bakerman, hatte auch Ihr alter Kontrahent Amintore Fink die Schwelle des Alters hinter sich gelassen. Sie erinnern sich, dass Sie beide in den dreißiger Jahren in der libyschen Wüste das Elixier der Rückkehr entdeckt hatten. Ich möchte Sie nicht mit Details langweilen, die Sie viel besser kennen als ich. Er wurde nicht schwächer, also wollte er jede mögliche Gefahr austilgen, die seine Stellung gefährden konnte, selbst wenn er dadurch seinem eigen Fleisch und Blut die Luft zum Atmen drosseln musste.

Falls Sie mich fragen, wer Dorgans Mutter gewesen ist, muss ich passen. Ich kann Ihnen nur sagen, dass keiner meiner Nachkommen ihr jemals begegnet ist und sie auch niemals namentlich erwähnt wurde.

Ob man Dorgan gezüchtet hatte? Vielleicht. Vielleicht auch nicht. War seine Mutter eine der Versuchspersonen

Finks gewesen, die er im Verlauf der Phase Fleisch entführt hatte?

War sie eine Liebschaft und bei der Geburt gestorben?

Oder lebte sie noch, irgendwo im Verborgenen, ohne Identität, damit sie nicht als Druckmittel gegen Amintore einzusetzen war?

Ich wusste es nicht. Und ich habe es bis heute nie erfahren.

Dorgans Verhältnis zu seinem Vater war jedenfalls immer angespannt. Dauernd versuchte er sich zu beweisen. Aber nichts, was er tat, war gut genug für Amintore Fink. Mit der Zeit wurde der junge Fink immer verschlossener. Und je mehr die unvorstellbare Macht der Fremden und ihr grenzenloses Wissen ihre Schwingen über die Machenschaften der Finks legten, desto stärker wuchs der Verfolgungswahn des Alten. Amintore Fink zog sich in geheime Stützpunkte zurück. Nach Kamtschatka oder an den Polarkreis, Orte fern der Zivilisation, wo er ungestört seinen Forschungen nachgehen konnte. Nur seinen Verbündeten, den Fremden – oder auch den Fahlen, wie immer man sie nennen will –, konnte er nirgends entgehen. Sie fanden ihn überall.

Denn sie waren überall.

Ich glaube, er begriff allmählich, dass er zu einer Marionette in ihrem Spiel geworden war wie ich in seinem, aber er verdrängte diesen Gedanken mit all seiner eitlen Ignoranz. Er hatte die Experimente der Phase Fleisch für seine Verbündeten initiiert und begleitet und ging fest davon aus, dass er auch für die letzten zwei Phasen unverzichtbar war.

Dorgan wandte sich heimlich von seinem Vater ab und suchte nach eigenen Vertrauenspersonen. Eine Weile vertraute er mir, oder versuchte es zumindest, aber meine Kinder und ich waren an unsere Schöpfer gebunden. Wir konnten keine anderen Befehle annehmen. Sie hatten uns erschaffen, sie kontrollierten unsere Existenz, und wir mussten ihnen ergeben sein.

Dorgan Fink begriff dies recht schnell, auch begriff er, dass sein Vater durch Ila al Khalf, das Elixier der Rückkehr, immer da sein würde. Und dass er einen persönlichen Feldzug gegen alle diejenigen unternahm, die ihm weitere Proben streitig machen könnten. Unsterblichkeit war Amintores oberstes Ziel. Er verwechselte es mit nicht endender Macht. Er begann, nach dem Ursprung des Elixiers zu suchen, denn die Fremden hatten Jahrhunderte, vielleicht gar Jahrtausende gewartet, und er wollte das Finale des Großen Plans nicht verpassen, egal wie nah oder fern es lag.

Aber Amintore Fink hatte dabei eines vergessen. Er war trotz allem nur ein Mensch. Zwar hatten sein Körper und sein Geist sich dem Verfall durch Ila al Khalf widersetzt, doch sein Verstand und seine Bedürfnisse waren weiterhin menschlicher Natur und daher nicht mit denen seiner furchtbaren Verbündeten vergleichbar.

Er besaß Einfluss, er besaß Ila al Khalf, aber sollte es hart auf hart kommen, wäre er dennoch austauschbar.

Sein Sohn war in dieser Hinsicht schlauer. Dorgan genoss die Privilegien des Bündnisses mit der Dunkelheit weitaus bedächtiger. Er hinterging seinen Vater, verstrickte sich in Lügengeschichten und spann seine eigenen Stricke fern der großen Bühne. Die Fremden schöpften Verdacht, Amintore begann ihm zu misstrauen, und ich erhielt den Befehl, ihn im Auge zu behalten.

Aber er war gut. Gerissen und aufmerksam. Obwohl ich ihn nicht ausstehen konnte, kam ich nicht umhin, seiner Professionalität Respekt zu zollen. Es war unmöglich, ihn festzunageln. Für jedes nicht abgesprochene Treffen oder das plötzliche Abweichen von Plänen hatte er Erklärungen parat, die zumindest vordergründig einen Sinn ergaben.

Sein Vater ahnte, dass er ein doppeltes Spiel trieb, denn sein Sohn hatte oft genug seine Verachtung gegenüber den Experimenten geäußert, über deren Zweck alle Beteiligten im Unklaren gelassen worden waren.

Es stand die unausgesprochene Frage im Raum, ob Dorgan sich mit Ihnen, Bakerman, verbünden wollte, um die Organisation seines Vaters zu zerschlagen oder gar zu übernehmen.

Aber für so töricht hielt ich ihn nicht.

Er sehnte sich nicht nach einem Thron oder nach Macht im herkömmlichen Sinne, nein, ich glaubte eher, dass er für solch profane Gedanken zu schlau war. Er hatte viel gesehen und seine eigenen Schlüsse daraus gezogen. Er wollte die Eigenständigkeit und Stärke einer unabhängigen Naturgewalt. Also suchte er nach einer Waffe, mit der sich dies erreichen ließ. Und dafür benötigte er vor allem Informationen und verschwiegene Helfer. Ich vermutete, dass er ein eigenes Netzwerk aufzubauen versuchte. Aber mir fehlten die Beweise, um ihn zu überführen.

Während einer meiner Überwachungen folgte ich – das heißt: ein Teil von mir, eines meiner Kinder – ihm bis zum Hafen in Vancouver.

Die Brise, die vom Meer heranwehte, brachte den Gestank von Diesel und Batteriesäure mit sich. Ein schimmernder Ölfilm verwandelte das Wasser im Hafenbecken in ein Kaleidoskop satter Farben. Brockton Pier war kein Ort für die Segeljachten der Reichen. Hier lagen abgewrackte Kutter an ihren Ankerplätzen. Man hatte bereits damit begonnen, den abgetakelten Frachter zu zerlegen.

Ich holte meinen Empfänger aus der Manteltasche und prüfte das Signal. Dorgan befand sich an Bord des Schiffes. Vermutlich traf er sich mit jemandem. Durch die dunklen Sonnenbrillengläser starrte ich hinauf zum Tanker.

Sollte ich ihn überraschen, ihn zur Rede stellen, oder ihn gewähren lassen und weiter beobachten? Ich hatte den Auftrag, ihn zu beschatten und vor Einbruch der Dämmerung zu kontaktieren, denn sein Vater wollte ihn sprechen. Es ging um Ihre kleine Gruppe, Bakerman, mal wieder. Sie kamen den Plänen immer öfter in die Quere, und obwohl Amintore Fink sich stets gescheut hatte, Sie zu töten, war er mittlerweile zu der Einschätzung gelangt, dass Sie zu gefährlich geworden waren.

Ich denke, er hielt Sie beide dank Ila al Khalf für Seelenverwandte, er fühlte in Ihnen einen Ebenbürtigen und einen Leidensgenossen, denn das Elixier der Rückkehr verband Sie beide auf unsichtbare Weise. Sie waren für ihn wie ein Bruder, den er all die Jahre heimlich beobachtet hatte, während Sie noch dachten, er wäre längst tot. Das gefiel ihm. Ich schätze, er hat sogar von Ihnen gelernt, vor allem von Ihrer Art, die Trudeau-Kommission zu führen.

Es war ein Wettbewerb unter gleichwertigen Konkurrenten, mit dem unschätzbaren Vorteil des Wissens auf seiner Seite.

»Bakerman sucht seinen Erlöser«, hatte er gerufen, bevor ich auf die *andere Seite* gebracht worden war. »Aber ich habe meinen lange vor ihm gefunden.«

Doch nun waren Sie ihm auf die Schliche gekommen. Sie hatten seinen Vorsprung nahezu aufgeholt und zudem das Interesse seiner Verbündeten geweckt. Das missfiel ihm. Das missfiel ihm sogar sehr. Er wollte mit Dorgan seine nächsten Schritte beraten, denn trotz aller Paranoia war der Junge sein eigen Fleisch und Blut und die einzige wahre Bezugsperson in seinem Leben.

Ich stand noch immer am Kai, holte aus und schleuderte den kleinen Abhörsender mit einem gezielten Wurf auf das Deck des Frachters. Dann drückte ich meinen Empfänger näher ans Ohr und begann zu lauschen.

Die Stimmen waren undeutlich und grässlich verzerrt, aber ich erkannte, dass Dorgan nicht allein war.

»Bakerman ist unser Konkurrent. Wer für ihn arbeitet, steht uns im Weg. So war es zumindest all die Jahre.«

Seine Stimme klang wie immer ein wenig herablassend, aber gleichzeitig beeindruckend fest. Ich fragte mich, wie sein Verstand all die Offenbarungen verarbeitete. Die kühle Maske, umhüllt vom penetranten Gestank seiner Mentholzigaretten, konnte nicht für immer halten.

»Aber etwas hat sich verändert …«, fuhr er fort. »Etwas Fremdes ist aufgetaucht. Und mein … Arbeitgeber hat sich darauf eingelassen.«

»Die Grauen Engel?«, fragte eine zweite Stimme.

Erst viel später sollte ich erfahren, dass es Larry Newman, war, den Dorgan damals auf seine Seite zu ziehen versuchte. Ein vergebliches Unterfangen, wie sich herausstellen sollte, denn Ihr naiver Mister Newman glaubt tatsächlich noch an das Gute im Menschen. Und Dorgan erweckte nicht den Eindruck, als gehöre er dieser Spezies an.

»Sie sind nur die Vorboten …« Es knisterte stark, der Empfänger war aufgrund seiner winzigen Größe nur schwer auszusteuern. Ich war froh, überhaupt etwas zu hören.

»Hinter ihnen steckt … eine Boshaftigkeit, die … ganze Generationen auslöschen wird ... Durch diesen Pakt sind wir sogar in der Lage, Menschen zu züchten.«

»Sie sprechen von Luther Niles.«

»Ja ... Ich weiß, dass Sie einen seiner Brüder in Island getötet haben.«

»Mit wem hat sich Ihr Boss da eingelassen?«

»Ich weiß nur, dass die Suche nach Ila al Khalf zu einer Vernichtung geworden ist. Wir müssen das beenden. Schnell!«

Und das war auch meine Meinung!

Dorgan war bereit, Geheimnisse zu verkaufen. Aber wenn ich Teil dieser Geheimnisse würde, gefährdete er damit mein Ziel, denn ich brauchte mehr Zeit, und Sie, Bakerman, waren zu unberechenbar. Ebenso Ihr geliebter Steven Burns. Ich konnte es nicht darauf ankommen lassen, dass Sie zu viel über mich erfuhren, da sonst die Möglichkeit bestand, dass ich zu einem Problem für die Fremden werde und sie mein Zuchtprogramm vorzeitig beenden.

Das Gespräch hatte sich unterdessen fortgesetzt. Doch inzwischen war der Empfang so verzehrt, dass nur Fragmente zu mir durchdrangen.

»... Verheerendes hat begonnen ... etwas Endgültiges ... brauche Ihre Hilfe ... vielleicht wir ... aufhalten ... Menschen werden sterben ...«

Dorgan spielte ein gefährliches Spiel. Ich brauchte Beweise! Oder musste ihn zumindest stören. Ja, es war an der Zeit, einzuschreiten.

Zielstrebig eilte ich den Steg zum Frachter hinauf.

Als ich die verrostete Kabinentür öffnete, war Dorgan allein. Ich sagte ja bereits, er ist gut.

»Da sind Sie ja ...«

»Hallo, Luther.« Sein leicht entrückter Blick weckte in mir den Wunsch, ihm den Kiefer herauszureißen und durch das zersplitterte Bullauge nach draußen zu werfen.

»Ihr Vater ist ungehalten. Was treiben Sie hier?«

Seine äußerliche Ruhe war beeindruckend. »Ich brauchte Ruhe zum Nachdenken.«

»Sind Sie allein?«

»Ja.«

Ich entschloss mich, das Spiel vorerst nach seinen Regeln mitzuspielen, um ihn weiter in Sicherheit zu wiegen. Ohne Beweise würde Amintore Fink mir niemals glauben.

»Kommen Sie. Ihr Vater möchte sich mit Ihnen unterhalten. Dann sehen wir weiter.«

Wir verließen Vancouver, begleitet von stundenlangem Schweigen. Kurz vor unserer Ankunft an einem der geheimen Stützpunkte seines Vaters wagte ich einen letzten, überraschenden Vorstoß, um ihn aus der Reserve zu locken.

»All die Dinge, die momentan passieren ... Glauben Sie etwa auch, dass die Fremden uns am Ende verschonen werden?«

Aus seiner Nachdenklichkeit gerissen, funkelten die tiefliegenden Augen kurz und heftig auf. »Die Schatten fallen zu Boden, wo das Licht sie berührt.«

»Das *Licht*?«, wiederholte ich betont begriffsstutzig.

Er lächelte kühl und blies mir seinen Mentholatem entgegen. »Sie sind ein Killer, Niles. Also tun Sie, wofür Sie geschaffen wurden, und überlassen Sie das Nachdenken anderen.«

Dies war bis zum heutigen Tage unser letztes Gespräch.

Wenig später erhielten ich und meine Kinder den Auftrag, die Spuren der ersten Phase des Großen Plans zu vernichten. Dazu gehörten Einzelpersonen wie auch die letzten Ammoniten, riesenhafte Brut,- Zucht- und Basisstationen für hybride Formen von Zellmaterial, Symbiosen und kontrollierbarer Existenz.

Die Phase Fleisch näherte sich ihrem Ende, und die Experimente der Fremden, die Körper von Menschen, Tieren und Pflanzen betreffend, waren nahezu abgeschlossen.

Das Bündnis hatte Finks Organisation viel Wissen verschafft, aber die Gefahr, dass andere davon Wind bekamen, wuchs mit jedem Tag. Es ließ sich nicht mehr geheim halten. Die Ammoniten hatten zu viel Aufmerksamkeit geweckt, einige waren aus den Tiefen der Erde aufgetaucht und geöffnet worden, andere spurlos verschollen, und wiederum andere hatten ein riskantes Eigenleben entwickelt und sich mit ihrer Umwelt arrangiert. Wir mussten sie vernichten.

In diesen Tagen starben viele meiner Brüder und Kinder. In Island, im Donaudelta. Militärs und auch Sie und Ihre Leute, Bakerman, kamen mir immer wieder in die Quere.

Im besagten Donaudelta gelangte ich in die Hände russischer Militärs und starb. Man obduzierte meinen Leichnam, stellte fest, dass ich nicht verweste, dass meine organischen Funktionen perfektioniert worden waren und dass ein gewisser Steven Burns ein ähnliches Schicksal teilte, die fehlende Verwesung, meine ich.

Faszinierend und beängstigend, nicht wahr?

Ich sagte ja bereits, auf der anderen Seite gibt es kein Altern, keinen Tod, nur das ewige Sterben …

Ich starb und konnte die Untersuchung meines eigenen Todes, die Erfahrungen des sich immer wiederholenden Verfalls in mich aufnehmen. Ich war in der Tat unsterblich geworden, die Einzelexistenz war nur noch eine Illusion.

Luther Niles, der Mensch, lebte unzählige Leben auf einmal. In gewisser Weise … war ich wie Gott!

Aber dass Sie mich nicht falsch verstehen, Bakerman, ich war keineswegs frei. Die Fremden, denen Amintore Fink mich ausgeliefert hatte, kontrollierten und stimulierten meine Empfindungen. Es war mir nicht länger möglich, ein Gefühl zu verspüren, das abseits von Leid und Zorn lag. Alles, was mich bei klarem Verstand hielt, oder zumindest dicht dran, war der Wunsch nach Entkommen, tief vergraben im dunkelsten und nur mir zugänglichen Ort meiner Seele.

Burns und ich, wir sind vom selben Schlag, Totgeburten einer fremdartigen Macht, die uns benutzt. Aber das wissen Sie ja bestimmt selbst, nicht wahr, Bakerman?! Sie haben Steven aus Fairlane gerettet. Sie haben ihn aufwachsen sehen und sein Potential erkannt. Sie versuchen ihn zu beschützen. Sie glauben an ihn. Ihren Erlöser, wie Fink es nannte.

Ich hatte genug aufgeschnappt, um mir ein Bild machen zu können. Burns war die Zukunft und ich die Vergangenheit. Ein Auslaufmodell. Die Phase Fleisch endete, und ich als ihr Prunkstück war ein Erfolg gewesen, aber mein Gesicht war zu bekannt geworden.

Ich war keine Züchtung. Ich war das Original. Sie hatten mein Bewusstsein tiefer denn je in meine Kinder eindringen lassen. Und dafür gab es nur einen Grund: Sie waren unaufmerksam geworden, ich hatte meine Bedeutung verloren.

Die Evolution war dabei, mich links liegenzulassen.

Doch selbst wenn ich in meiner Qual und meinem Wahnsinn alles verloren hatte, was mir wichtig gewesen war, so gab es noch eins, worauf ich mich besinnen konnte. Etwas, das mich von meinen Kindern unterschied: meinen Selbsterhaltungstrieb und den letzten Funken freien Willen.

Und es gab nur einen Ort, an dem ich mein Überleben sichern konnte. Den Ort, an dem Steven Burns und ich uns das letzte Mal begegnet waren, wo mein letztes Kind verschwand und Sie, Bakerman, zu der Annahme verleitete, Sie wären mich für alle Zeiten los.

Das Sphärenprojekt in der Ukraine!

Wie Sie ja wissen, waren die Sphären in einem gigantischen Bauwerk mit zwei riesigen Kuppeln untergebracht – es war ein künstlich erzeugtes und sich selbst regenerierendes Ökosystem. Experimentiert wurde mit künstlich veränderbaren Atmosphären, um deren Auswirkungen auf Flora und Fauna zu testen. Auf diese Weise wollte man erforschen, ob unter den manipulierten Klimabedingungen menschliches Leben möglich war, und für den Fall der Fälle eine Rettungsinsel schaffen.

In der einen Sphäre hatten Wissenschaftler ein Küstengebiet nach dem Vorbild des Kaspischen Meeres entworfen. Die andere Sphäre beinhaltete ein Waldgebiet, das in Grundzügen dem der Taiga entsprach.

Es war ein weiteres Puzzleteil im Plan der Fremden, ein weiterer Nebenschauplatz einschneidender wissenschaftlicher Experimente, die von Fink und seinen Leuten sabotiert und manipuliert wurden, um das Wissen seiner Verbündeten auf Anwendbarkeit zu testen.

Vor zwei Jahren schleuste Fink eines meiner Kinder in das Sphärenprojekt ein. Ich arbeitete als Wissenschaftler unter falschem Namen und verschaffte mir Zugang zu allen Bereichen des Geheimexperiments. Ich sollte die Entwicklungen betreuen und alle störenden Faktoren aus dem Weg schaffen. Und das tat ich.

Ach, Bakerman, wie armselig ist doch die Schöpfung mit der menschlichen Rasse umgegangen?! Wir sind mit Intelligenz gesegnet, aber wir nutzen sie nicht.

Ich hingegen, der, wenn auch gezwungenermaßen, die Erkenntnisse der ewigen Wiedergeburt umsetzte, war imstande, meine Fähigkeiten in jeglicher Hinsicht zu vervollkommnen. Mein schreckliches Schicksal war zugleich mein größter Segen: Ich erfuhr im wahrsten Sinne des Wortes am eigenen Leib, wozu die Evolution fähig war. Ich war die bisherige Krone menschlicher Existenz, nicht vom moralischen Standpunkt betrachtet natürlich, sondern von der unbegrenzten Möglichkeit der Selbsterfahrung und Weiterentwicklung. Meine Kinder schwärmten hinaus in die Welt, sie lebten, erlebten, starben, und ich nahm ihre Erfahrungen in mich auf und schickte sie wieder hinaus. Zwar verhinderten die Fremden durch ihre Zuchtmethoden, dass sich mein komplettes Bewusstsein auf meine Kopien übertrug, aber eindämmen konnten sie dieses eigenständige Bewusstsein des Originals auch nicht. Und dieses Bewusstsein wuchs.

Meinen Kindern fehlten wie den seltsam unfertigen Kreaturen in den Sphären die Erinnerungen an eine Zeit vor ihrer Schöpfung. Während ihrer Reifung in den Bruttanks lernten sie, was sie zu lernen hatten, aber ihre Leidenschaften und Ängste, alle störenden emotionalen Faktoren, wurden gleichzeitig ausgelöscht. Sie sollten nur dienen – bedingungslos, ohne Rücksicht auf den eigenen Verlust, effizient. Und mit dieser eingepflanzten Maxime begann der Luther Niles in den Sphären sein Handwerk zu verrichten. Er sollte feststellen, ob Züchtungen auch an solch hermetisch abgeriegelten Orten stattfinden konnten, damit die Fremden nicht länger auf das Verschleppen von Opfern auf die *andere Seite* angewiesen waren. Dort, wo mein wahrer Körper, den Sie jetzt hier vor sich sehen, Bakerman, noch immer in Gefangenschaft verweilte, durchstochen von Nadeln, durchsetzt von brennenden Säften, wie ein Stück maroden Fleisches. Sie hätten einfach mit dem Laster vorfahren, geeignete Zielpersonen einladen und unterwegs ihr abnormes Zuchtprogramm durchführen können – in jedem Land der Erde.

Aber die Sphären waren noch nicht ausgereift, es gab unberechenbare Risikofaktoren, und das Experiment misslang. Meine künstliche Nachkommenschaft geriet in Gefahr. Die Bedingungen in den Sphären hatten sich so verändert, dass meine Kinder an ihnen zugrunde zu gehen drohen. Es galt, die Züchtungen davor zu bewahren und von dort wegzubringen.

Aber die Fremden scherte es nicht länger. Sie planten bereits andere Dinge. Und wie ich Ihnen bereits erklärte, fürchtete ich zu Recht, dass ich in ihren Plänen keine Rolle mehr spielte.

Wie Dorgan richtig erkannt hatte: Etwas Verheerendes hatte begonnen. Etwas, das alles verändern würde.

Die Fremden verfolgten ein konkretes Ziel. Ihre Technologie sollte geheim bleiben, denn die Phase Fleisch war nur die erste von dreien. Geduldig hatten sie im Dunkel gelauert, nun war der Zeitpunkt der Erfüllung nahe, und jeder Schritt verlangte Vorsicht.

Ironischerweise erging es mir genauso.

Ich musste handeln.

Aber bewusst, nicht überstürzt.

Ich musste meine sterbenden Kinder aus den Sphären retten, damit sie zurückkamen und mich retten konnten. Sie waren mein Weg hinaus, bevor man mir den Saft abdrehte oder, noch schlimmer, bevor man mich einfach vergaß und zu ewigem Leiden verdammte.

Als Ihre Leute auftauchten, Kramer und Burns, sah ich meine Chance gekommen. Die Sphären hatten versagt, aber ich besaß eine letzte Chance: Steven Burns und seine Gabe!

Burns ist Psychokinetiker. Seine übersinnliche Gabe erlaubt es ihm, Dinge in eine unbekannte Welt verschwinden zu lassen. Auf die *andere Seite*, eine Welt der Geister und fahlen Schatten, in der vor langer Zeit Steven Burns' kleiner Bruder Daniel gelandet ist, weil Burns ihn als Zehnjähriger versehentlich hatte dorthin verschwinden lassen. Die zeit- und raumlose Welt, in der ich festsaß.

Ich verstärkte die klimatischen Probleme in den Sphären und lockte so meine Verfolger an. Mein Einfluss auf den Luther Niles, dem Steven Burns dort begegnete, wuchs mit jeder Sekunde. Es fühlte sich an, als ob die Fremden sich zurückzogen, sie hatten mich aufgegeben. Dadurch erhielt ich immer mehr Macht über mein Kind.

Mein Luther, der letzte seiner Art, war eine gnadenlose Mordmaschine, aber es gelang mir, in ihm schlummernde Gefühle zu regen. Sinnlichkeit, Beschützerinstinkt. Und er begann sich um seine Brüder, meine Kinder, zu sorgen. Allerdings genoss er das Töten durch die neu geweckten und ihm zuvor unbekannten Emotionen umso mehr. Und auch mir fiel es schwer, die Rückkopplung zu kontrollieren, die Euphorie des Schmerzes und der Qualen seiner Opfer, die sich wehrten und den Kampf verloren. Sie bedeuteten mir nichts, sie standen uns im Weg, und jeder Mord brachte mich der Erfüllung näher.

Ich erinnere mich noch gut an die Augenblicke, bevor Burns mich in den Sphären fand. Zwei Männer hatten mich durch die Verbindungsgänge verfolgt, dort, wo die

Kontrollräume und Maschinen untergebracht waren. Sie waren so ahnungslos, dass sie ihrem Untergang entgegenstrebten. Ich konnte sie förmlich wittern. Sie bewegten sich nicht wie Wissenschaftler. Sie sahen nicht aus wie Wissenschaftler. Sie rochen auch anders. Es reicht nicht, sich einen weißen Kittel überzuziehen.

Sie hatten den Auftrag, mich zur Strecke zu bringen, denn meine Tarnung war aufgeflogen. Aber das war unwichtig. Der Kreislauf hatte unsere Sinne geschärft, und amateurhafte Täuschungen dieser Art konnten mich nicht mehr in eine Falle locken.

Die beiden Narren ahnten ja nicht, mit wem sie es zu tun hatten. Ich hatte sie in der Evolutionsleiter um mehr als eine Sprosse hinter mir gelassen. Ihre Hoffnungen, meine Pläne zu durchkreuzen, waren armselig.

Ich öffnete eine Tür. So weit, dass ein schmaler Lichtstrahl den Boden des Lagerraums in zwei Teile schnitt.

»Kommt nur …, kommt …«, flüsterte ich ihnen zu. Begierig, meine Talente auszuschöpfen, und noch begieriger, endlich mein Ziel zu erreichen.

Steven Burns und ich, das war alles, was zählte.

Sie näherten sich, leise, aber nicht leise genug, während ich und mein Kind in einem Körper gemeinsam auf sie warteten. In meiner Hand spürte ich das Elektromesser, das zum Zerkleinern biologischer Proben diente.

Als der erste der Männer auf meiner Höhe war, stieß ich die schwere Tür auf und schmetterte sie ihm vors Gesicht. Seine Schneidezähne splitterten. Halb bewusstlos brach er zusammen.

»Oh, das wollte ich nicht.« Ich sah keinen Grund, mir das Schmunzeln zu verkneifen. Katz und Maus. Das gleiche Spiel, das die Fremden mit mir gespielt hatten.

»Bleiben Sie, wo Sie sind, Konetka!«, rief der zweite Mann. Anscheinend kannte er meine wahre Identität noch nicht. Steven Burns hingegen schon, da war ich mir sicher. Ihre Leute, Bakerman, waren immer würdigere Gegner, denn Sie verfügten über Wissen und daher über eine entsprechende Vorsicht im Umgang mit mir und meiner Brut. Aber diese Burschen ... ach, es war mir zuweilen schon zu einfach.

»Tut mir wirklich leid«, hauchte ich, und die Vorfreude auf die bevorstehende Bluttat erfüllte den Geist meines Kindes mit Entzücken. Die Fremden wussten, wie sie die Züchtungen bei Laune hielten. Das in der Phase Fleisch einprogrammierte Berauschen an den eigenen Fähigkeiten und der Überlegenheit wischte alle unbewussten Zweifel, die noch existieren mochten, restlos beiseite. Das Original konnten sie nicht verändern, aber alle anderen. Und wir waren miteinander verbunden.

Alles war miteinander verbunden.

Ich spürte die Welle der Erregung und des Glücks, als ich, als mein Kind, als Luther Niles das Messer in der Kitteltasche fester umschloss.

Ich bückte mich, um den Verletzten zu begutachten. »Wir müssen einen Arzt holen.«

Der Mann sah mich gleichzeitig ängstlich und dankbar an.

Da geschah es! Ich konnte mich nicht länger zurückhalten, schwang das Messer in einem kraftvollen Bogen, und während er noch aufschrie, schloss ich genüsslich die Augen, um das Gefühl des nachgebenden Widerstandes unter dem Klingenblatt in mich aufzusaugen. Das waren keine Gegner, das war nur Zeitvertreib. Notwendig, aber keine echte Herausforderung.

Die Klinge fuhr mühelos durch Wange und Knochen wie durch halbflüssige Butter. Roter Sprühregen besprenkelte Boden und Wände.

»Ich bin nicht Konetka, mein Freund«, hauchte ich

ihm beinahe zärtlich ins Ohr, denn es war mir ein Anliegen, dem Sterbenden vor seinem letzten Atemzug einen Teil der Wahrheit zu offenbaren. Selbst wenn er sie nicht verstehen würde. »Ich bin Luther Niles.«

Dann griff mein Kind nach dem Körper des Mannes und wiegte ihn wie eine Gliederpuppe hin und her. Ganz tief in den letzten Resten seiner Erinnerung regte sich ein Wunsch nach Musik.

Tango ...

Er begann zu summen ...

Mir wurde kalt. Ich ahnte, dass die Verbindung der Fahlen nachließ. Sie gaben uns auf. Wie sonst hätte die Züchtung sich an die Musik erinnern können?

Uns blieb nicht mehr viel Zeit.

Er wagte ein paar Drehungen mit dem Sterbenden. Dann verlor er das Interesse, steckte das Messer ein und tötete den zweiten Mann, der starr vor Entsetzen zurückgetaumelt war.

Schnell, routiniert. Mit dem Daumen direkt ins rechte Auge.

Danach betraten wir die Waldsphäre.

Sie stand kurz vor dem Kollaps. Dank meiner heimlichen Eingriffe in das Projekt hatte sich die Zusammensetzung der Atmosphäre stark verändert. Schließlich galt es, überlebenswichtige Bedingungen zu schaffen, um künftige Züchtungen an Orten wie diesen zu ermöglichen. Die Kohlendioxidwerte hatten sich bedenklich gesteigert, dichter Urwald wucherte unkontrolliert, Pflanzen und Tiere brachten erschreckende Mutationen hervor. Es war eine schon fast menschenfeindliche Welt, durchdrungen von modriger Luft, Zwielicht, Fäulnis und ziellos wuchernden, fleischigen Ranken. Aus Sicherheitsgründen war die Kuppel abgeriegelt worden, aber ich kannte einen Zugang. Niemand würde mich aufhalten.

Und Steven Burns war ein Hitzkopf. Er würde mir folgen.

Das Ziel war ganz nah.

Sie kennen die Geschichte sicherlich, wie Burns und Kramer ihre Begleiter verloren, wie sie getrennt voneinander tiefer in die Waldsphäre eindrangen und ich Burns schließlich vor mutierten Wölfen rettete.

Es gefiel mir, meinem Widersacher beizustehen, ihn in meiner Schuld zu wissen. Das Gefühl der Allmacht wuchs mit jedem Augenblick, den ihr atemloser und ahnungsloser Schützling an meiner Seite verbrachte. Ich spürte seine Abneigung gegen mich, seine Wut, und doch war er auf mich angewiesen, das heißt, auf das letzte meiner Kinder auf der anderen Seite.

Steven Burns und mein Kind bahnten sich den Weg zu einem eckigen, von Ranken bedeckten Gebäude. Sie kämpften um ihr Überleben, und in gewisser Weise auch um meines. Das Gebäude war die einstige Steuerzentrale der Sphäre, von wo das Klima geregelt worden war. Hier hatte ich meine Veränderungen vorgenommen. Und etwas hinterlassen …

Steven folgte mir ins Innere. Ihm blieb keine Wahl, denn ich besaß eine Waffe, er nicht.

»Und was sollen wir hier?« Burns traute mir nicht, aber das war unwichtig geworden.

»Es ist im hinteren Raum. Machen Sie keinen Unsinn.« Ich öffnete die Tür.

Der Anblick raubte auch mir für einen Moment die Beherrschung. Sie starben. Die letzte freie Zucht jenseits meines fahlen Gefängnisses.

Eine graue Gallertmasse, in der Gliedmaßen zuckten. Hände, Arme, ein Kopf mit nur einem geöffneten Auge. Eines der Wesen sah aus, als hätte man sein Inneres nach außen gekehrt, und doch war Leben darin. Die

Züchtungen begannen zu vibrieren, und Augen, viele Augen fanden uns und starrten uns an.

»Sie ähneln Ihnen«, keuchte Burns.

Die Gesichtszüge wirkten tatsächlich wie Zerrbilder von mir. Entstellt, formlos. Es war ein trauriger Anblick.

»Sie sterben. Ich bin gekommen, um sie nach all den Monaten der Reifung zu holen. Aber jetzt sterben sie.«

»Das ist Ihre Zucht.«

Der Augenblick war gekommen. Das Versteckspiel war vorüber. Ich schickte meine Gedanken hinaus. Ich versuchte mein letztes Kind mit aller Kraft zu erreichen.

Ich brauchte meine eigenen Verbündeten, Helfer, die mich befreiten, jetzt, da die Fremden mich zurücklassen wollten. Wer, wenn nicht meine eigenen Ableger, würde mir jetzt noch zur Seite stehen können?

Sie hatten den Übergang von der *anderen Seite* in die Welt der Menschen einst geschafft. Mit ihrer Hilfe würde auch ich es schaffen.

Ich spürte, wie mein Geist mit dem des letzten noch aufrecht stehenden Luther verschmolz.

Er spürte die Notwendigkeit, alles zu retten, was zu retten war, auch wenn er nicht verstand, wozu.

»Wir haben die Atmosphäre verändert«, sagte er zu Burns, »um einen Lebensraum zu schaffen, der uns heranwachsen lässt. Sie werden mir jetzt helfen. Ihre Gabe, Sie müssen Ihre Gabe einsetzen. Sie müssen meine Kinder wegbringen! Nur dort kann man ihnen noch helfen.«

»Du weißt es! Du weißt, wo all das hingelangt, das verschwindet! Und du weißt auch, wo mein Bruder Daniel ist!«

»Reißen Sie sich zusammen, Burns.«

»Wo ist Daniel?«

Ich fühlte, dass dies der richtige Augenblick war. Burns war verletzlich. Er gierte nach Antworten, er war wild vor Ungeduld, Zorn und Trauer und ich der Schlüssel zu seinem Bruder. Er würde mir zu Diensten sein.

Dann wurde die Tür aufgerissen. Es war Joyce Kramer, die unser Finale störte. Mit weit aufgerissenen Augen starrte sie auf die sich windende Masse aus unfertigen Leibern.

Ich entledigte mich ihres letzten Begleiters und zielte dann mit meiner Waffe auf ihren Kopf, um sie in Schach zu halten.

»Burns, Sie kümmern sich um die Kinder!«

»Das da nennen Sie Kinder?«, fauchte Kramer.

Mein Finger zuckte leicht.

Steven Burns konzentrierte sich, versuchte, nicht die Augen zu schließen. Ich sah, wie es in ihm arbeitete. Er wandelte zwischen Licht und Finsternis, unschlüssig, wie er sich entscheiden sollte. Ich war der Schlüssel zu seinem Bruder, und Kramer war in meiner Gewalt.

»Machen Sie schon!«

Dann geschah es. Burns hatte den Weg gefunden, seine Gabe zu aktivieren. Aber anders als geplant.

Er hatte sich für Kramer entschieden und gegen seinen Bruder.

Der Sog war wie ein Orkan aus spitzen Scherben und kreischenden Seelen. Es brannte mein Kind fort in eine Welt der Schatten und ließ die deformierten Körper im formlosen Kokon auf dem kalten Metallboden zurück, wo meine letzte Nachkommenschaft elendig verreckte.

Die Zeit war ohne Gestalt. Verloren in Schwärze, trieb ich erblindet umher. Um mich herum spürte ich die Anwesenheit der durchsichtigen Tanks, unter deren dünner

Membran Körperteile zuckten. Ich hörte die schauerlichen Schreie aus in gelblichem Sud treibenden Mündern und spürte, wie alles um mich zusammenbrach.

Es gab keinen Luther Niles mehr in der Welt der Menschen, und alles, was ich war, was aus mir geworden war und was aus mir entstehen sollte, umgab mich nun, nicht länger fähig, mich zu befreien oder auch nur eigenständig zu überleben. Mein Projekt hatte sein Ende gefunden.

Mein Plan hatte darin bestanden, dass mein letztes Kind und die Zuchtmasse gemeinsam mit Steven Burns zu mir kommen sollte, denn Burns war der Weg zurück, das Portal in beide Richtungen. Seine Kräfte waren größer, als er es damals ahnen konnte.

Aus den Züchtungen in den Sphären hätte ich hier an diesem Ort der Fahlheit viele Kinder schaffen können. Doch jetzt war ich allein. Die Gliedmaßen um mich herum waren nicht stark genug für meinen Plan. Es waren nur Bausteine, keine fast fertigen Modelle, mit denen man etwas hätte anfangen können.

Es gab nur noch den Luther, den Burns hatte verschwinden lassen, aber wie sollte er mich finden? Ohne Burns? Zudem war er eine fertige Züchtung, die ich nicht komplett vereinnahmen und manipulieren konnte.

Zu meiner Schande und Erleichterung muss ich gestehen, dass ich mich in ihm getäuscht hatte. Denn plötzlich packten mich zwei Hände, mein letztes Kind griff nach mir.

Indem die Fremden sich von mir zurückgezogen hatten, war unsere Verbindung gestärkt worden. Meine Qualen hatten ihm den Weg gewiesen.

Er fing an, mich meinem Gefängnis zu entreißen.

Ich konnte weder stehen noch sprechen, weder atmen noch fühlen. Ich konnte überhaupt nicht mehr allein existieren, war vollkommen abhängig von der Maschine, die mich ernährt und gebunden hatte.

Mein Kind begriff, ohne dass ich etwas sagen musste, allein durch die Kraft meiner Gedanken, meiner Anwesenheit. Er öffnete die restlichen Brutkästen und vermengte Körper und Zellmassen zu einem Golem meiner selbst. Er bettete mich in das weiche Fleisch und den gelben Sud und hoffte, dass dies mich heilen würde.

Aber alles um uns herum starb.

Wir waren aufgegeben worden.

Wir waren verloren.

Ich brauchte Burns und seine Gabe, aber er war nicht hier.

Nur ich war hier.

Nur ich …

Ich hob den Blick.

Über meinem am Boden liegenden Körper thronte der Übergang, wie ich ihn nannte. Das Konstrukt sah aus wie ein steinerner Rundbogen mit zehn Hörnern, die wie spitze Zähne in die Höhe ragten. Dahinter endlose Finsternis.

Durch dieses Tor waren seit meiner Ankunft meine Kinder in die Welt hinausbefördert worden. Es ähnelte den Wolframtoren, nur war es älter, Bestandteil dieser alptraumhaften Unwelt.

Ich hoffte auf einen einsetzenden Automatismus, aber so funktionierte das Tor nicht. Es war intelligent. Es war wie ein Wärter. Es prüfte und beurteilte alles, bevor es etwas durchließ. Und es hatte den Befehl, mich, das Original, an diesem Ort festzuhalten.

Nichts tat sich.

Ich starrte mir selbst in die Augen, meinem letzten Luther, ein letztes Mal. Und er nickte.

Wir taten, was wir tun mussten, um zu überleben. Denn wir waren eins.

Gemeinsam rissen wir seinen Körper auf, spalteten seine Hülle, und ich schlüpfte in ihn hinein. Wärme umhüllte mich wie eine fleischige Decke, während sich um uns herum die sterbenden Gliedmaßen ein letztes Mal aufbäumten.

Aber noch immer geschah nichts.

Das zehngehörnte Tor reagierte nicht auf mich und erkannte meine Kinder nicht als vollkommen genug an, um sie durchzulassen.

In wilder Verzweiflung wurde ich bis an meine Grenzen getrieben. Ich begann, mich nicht nur äußerlich, sondern auch von innen mit der Zuchtmasse zu vereinen. Ich fraß ein Kind nach dem anderen, ich fraß mich selbst, füllte alles an und in mir mit dem künstlich erzeugten Material von Luther Niles. Mein reduzierter Magen spannte sich wie ein Luftballon kurz vor dem Zerplatzen, und meine Gedärme kreischten unter der Last der Vereinigung wie ein Stakkato zersplitternder Fingernägel ...

Dann tat sich etwas.

Das Tor begann zu leuchten. Zuerst war es nur ein grünlicher Schimmer, dann plötzlich zerstoben die Wände meines dunklen Kerkers.

Und ich erkannte, wo ich gefangen gewesen war.

Es war kein Labor. Kein abgeschlossener Raum. Dunkelheit und Stille hatten mir dies vermitteln sollen.

Die Illusion der Fremden verblasste, ich erhielt einen Ausblick auf das, was mich in Wirklichkeit all die Jahre, die sich wie Jahrtausende angefühlt hatten, umgeben hatte.

Ich sah ...

... und ich begriff.

Ich verstand jetzt den Großen Plan, und nur der Wahnsinn meines Leidens schützte mich vor dem Verbrennen.

Dies war nicht für Menschen geschaffen. Es war mit nichts vergleichbar, weder mit der biblischen Hölle noch mit anderen Schreckensphantasien menschlicher Intelligenz. Auch war es mit Worten nicht zu greifen, und bevor mein Verstand sich an den Anblick gewöhnen und daran zerbrechen konnte, schloss ich meine Augen und fraß und fraß … bis ich durch das Tor gezogen wurde …

… und die Zeit ihre Konturen aufgab und ich verging, heilte und erwachte.

Fern der *anderen Seite*.

Neugeboren.

Unter einer warmen Sonne.

Zurück im Leben.«

10

Der Keller von George Mullin war staubig und mit allerlei kaputtem Mobiliar vollgerümpelt. Larrys Taschenlampe warf ihren Strahl über eine zerschlissene Couch und mehrere mit Klebeband versiegelte Koffer, bevor sie schließlich an einem Motorrad hängenblieb, dessen Hinterrad fehlte. Blut fand er nirgends mehr. Er fragte sich, ob er sich womöglich getäuscht hatte und an der Kellerluke nicht eher Harz oder Leim oder etwas völlig anderes klebte.

Blut hätte der Regen doch eigentlich auch wegwaschen müssen, dachte Larry. Andererseits, es war noch frisch …

Von oben rieselte feiner Staub, gleichzeitig vernahm er Schritte über seinem Kopf, die nach Stiefeln klangen. Durch die Ritzen der Dielen drang Licht zu ihm herunter, begleitet von einem kühlen Blaustich.

»Du bist ein Dummkopf!«, rief eine aufgebrachte Stimme.

Und eine zweite, tiefere, erwiderte: »Ich bin nicht nur Deputy, ich bin auch euer Freund! Entweder hört ihr Sturnacken endlich auf mich, oder ihr könnt allein weiterpalavern.«

»Ist ja gut, ist ja gut …«

Die Stimmen beruhigten sich, das Gespräch wurde leiser.

Larry trat zwei Schritte vor, in der Hoffnung, dort

besser zu hören, als er mit dem Schuh gegen ein im Dreck liegendes Buch stieß. Der Einband war verblichen, die Seiten gelb. Er bückte sich und warf einen Blick hinein.

Drum muss ich hier sein und allein … und sein so bleich und so gering, … wo im verdorrten Schilf am See … kein Vogel singt …

»Keats«, sagte eine Stimme, begleitet von einem Dumpfen Knarren, und ließ ihn herumwirbeln.

»Ich bin's nur.«

»Wollen Sie, dass ich einen Herzinfarkt kriege?«

Joyce Kramer wedelte mit der MP in Richtung Decke. »Wie lange wollen wir noch Mäuschen spielen?«

Er zuckte mit den Achseln, verwirrt, hatte er doch das Gefühl gehabt, das Knarren sei aus der hinteren Ecke des Kellers gedrungen. Mit der Taschenlampe leuchtete er an Joyce vorbei, aber außer einer halbzersägten Tischplatte und zwei Kisten mit dem Aufdruck »Calewood Inc.« war nichts zu erkennen.

Über ihren Köpfen setzte sich die Diskussion derweil fort. Larry und Joyce verharrten bei den Stufen der Kellertreppe, wo kleine Häufchen getrockneter Erde aus Schuhsohlen eine unscheinbare Spur hinauf ins Obergeschoss formten.

Larry erkannte die Stimme des alten Mullin. Der Fischer hatte den anderen offenbar von seiner Begegnung am Morgen berichtet. Mehrmals fiel der Begriff *Wasserleiche* gefolgt von *Jungen* und *verunstaltet*. Dann das unverständliche Gemurmel seiner Zuhörer und die regelmäßigen Geräusche auf und ab gehender Körper. Stück für Stück formte sich alles zu einem sinnvollen Ganzen: George Mullin hatte die sechs Männer gleich nach seiner Rückkehr vom Fluss benachrichtigt und sie für den frühen Abend zu sich geladen. Grund waren die verschwundenen Tiere und die gefundenen Kadaver, die Angst vor einem hungrigen Raubtier hatte sich nicht verdrängen lassen. Daher hatte George auch gegen Nachmittag beschlossen, Larry Newman aufzusuchen und ihn zu warnen. Doch das Gesicht des Mannes in der Lodge war unverwechselbar. Mullin hatte es wiedererkannt. Es gehörte dem Toten im Fluss, unter den Baumstämmen!

Ein aufgedunsenes, bleiches Gesicht, das so plötzlich und spurlos verschwunden war, kaum dass Larry Newman ihn aus dem Wasser gezogen und gerettet hatte.

Die anderen Männer im Wohnzimmer machten sich über George lustig. Glaubten ihm kein Wort. Wie sollte eine Leiche auferstehen und sich dann Stunden später am Kaminfeuer wärmen?

Wieder in Old Anchor angekommen, fuhr George Mullin jetzt mit zitternder und vom Alkohol belegter Stimme fort, habe er sich gleich an Pete von nebenan gewandt. Schließlich war Pete vor seiner Pensionierung Polizist in Prince Rupert gewesen und wusste bestimmt, was in solchen Fällen zu tun war. Wieder protestierte die tiefe Stimme des indianischen Deputys.

George erklärte, dass sein Nachbar ihm nicht die Tür geöffnet habe, trotz mehrmaligem Klopfen und obwohl eindeutig Licht in seiner Hütte brannte. Einer der Männer erwähnte einen Gartenschlauch. Kurz herrschte Stille.

Dann brach erneut eine Diskussion aus. Während zwei der Gäste dauernd wiederholten, Mullin würde einfach zu viel trinken, versuchten die anderen, seine Schilderungen mit den englischen Rucksackreisenden in Verbindung zu bringen, und fragten sich letztendlich, ob man nicht doch die Behörden informieren müsse.

»Ich bin die Behörde«, polterte der Indianer, und man

hörte eine Faust auf den Tisch schlagen. Wieder rieselte Staub von der Decke.

Larry zog den Kopf ein und flüsterte Joyce ins Ohr. »Was halten Sie davon?«

»Dieser Mullin ist kein Spinner. Ich glaube ihm.«

»Und das bedeutet?«

»Niles hat uns etwas verheimlicht. Entweder verfügt er neuerdings über noch gefährlichere Fähigkeiten ...«

»Die Auferstehung von den Toten?!«

»... oder aber er ist doch nicht allein gekommen!«

»Oder er wird verfolgt!«

»Verfolgt, hmm?« Joyce griff nach Larrys rechter Hand. Das Licht der Taschenlampe war auf seine Fingerkuppen gefallen. »Ist das Ihr Blut?«

»Nein.«

»Aber wem ...?«

Bevor sie zu Ende sprechen konnte, brach aus dem hinteren Teil des Kellers eine Gestalt hervor und stürmte durch das blaugetönte Dämmerlicht auf sie zu.

Larry schrie vor Entsetzen auf. Im letzten Moment gelang es ihm, zur Seite zu hechten und Joyce mitzureißen. Er prallte mit dem Rücken gegen das Motorrad, das sofort nach hinten wegkippte und krachend zu Boden stürzte.

Joyce war mit dem Kopf gegen eine Truhe gestoßen, riss aber im Fallen ihre Waffe hoch und feuerte eine Warnsalve in Richtung des Angreifers.

Holz splitterte, und das Brüllen wurde lauter und lauter.

Der kreisende Schein der davongewirbelten Taschenlampe erfasste für einen Sekundenbruchteil das Ungetüm, eine hybride Perversion aus Mensch und Tier. Das Wesen hielt eine Harke in der Hand, als hätte man es bei der Gartenarbeit gestört. Doch Gesicht und Körper des

Mannes, den George Mullin nur noch an der Kleidung als seinen Nachbarn Pete hätte identifizieren können, war von der furchteinflößenden Mutation gänzlich entstellt. Klauen mit scharfen Krallen, sprießendes Hundefell und ein zu breiter Kiefer waren das eine, die von Wahnsinn gezeichneten Augen das andere.

»Niles«, keuchte Larry und versuchte vergeblich, auf die Beine zu kommen. »Es sieht irgendwie aus wie Luther Niles!«

Das Wesen war nicht einmal außer Atem, nur schien es für einen Moment unschlüssig, wem es sich zuerst zuwenden sollte.

Joyce war wie gelähmt vom Anblick der Kreatur, die sie in erschreckender Weise an eine lang zurückliegende Begegnung in Vancouver erinnerte, kurz bevor Steven und Larry sich ihrem Team angeschlossen hatten. Auf dem Anwesen eines Mannes namens Jasper Lazar, den sie mittlerweile mit Amintore Fink in Verbindung hatten bringen können, war sie vor Wachleuten geflüchtet, nur um wenig später in einem Gewächshaus auf abnorme Züchtungen aus Pflanzen, Tieren und menschlicher DNA zu stoßen. Dort hatte sie mit Ausgeburten der Phase Fleisch um ihr Leben gekämpft, unbeschreibliche Experimente im Namen der Fahlen mit bislang unbekanntem Zweck.

Auch die Niles-Züchtungen waren ein Produkt der sogenannten Phase Fleisch gewesen, von denen sie gedacht hatten, sie wären vollständig vernichtet. Offensichtlich war diese Schlussfolgerung ein Irrtum gewesen. Die Ebenbilder waren zurück und veränderten sich. Sie schienen zu mutieren.

Das, was sie jetzt vor sich sahen, war eine Übernahme, ein Infekt. Wie ein Parasit hatte Niles' genetische Zellmasse Besitz von Tier- und Menschenkörper ergriffen und alles zu einem widernatürlichen Hybriden verschmelzen lassen. Dennoch sah die Kreatur aus, als hätte sie Schmerzen und als würde sich der neue Körper gegen die Veränderung wehren.

Es war nicht überlebensfähig, dämmerte es Joyce.

Aber es war zweifellos tödlich!

Die erstarrte Zeit fand zurück in die Gegenwart, und schneller, als sie reagieren konnte, kam es über sie. Krallen zerfurchten ihr Gesicht.

Schützend riss Joyce Kramer die Arme vor das Gesicht. Ihr linkes Ohr brannte wie Feuer. Warme Flüssigkeit rann in ihre Augenhöhlen und raubte ihr die Sicht.

Die MP wurde ihr aus der Hand gerissen. Eine letzte Salve löste sich aus dem Lauf und fraß sich in die Dielen über ihnen.

Dann traf ein schwerer Gegenstand die mutierte Luther-Züchtung am Schädel und riss den verunstalteten Leib von ihr fort. Die Kreatur gab nicht einmal einen Laut von sich. Schweigend und mit vor Tollheit, Wut und Schmerz zuckenden Pupillen erhob es sich aus einem Stapel Gerümpel und zusammengebundener Zeitungen.

Larrys Atem ging schwer, als er Joyce auf die Beine half. In seiner rechten Hand schwenkte er in Abwehrhaltung einen eisernen Schraubenschlüssel.

Im nächsten Augenblick zersprang im Stockwerk über ihnen das erste Aquarium, begleitet vom Hilfeschrei eines Mannes. Eine Sturzflut ergoss sich durch die Einschusslöcher in den Keller.

Weitere Rufe folgten, panisch, gehetzt, leidend.

Niles ging in Lauerstellung.

Ein schiefes Lächeln zog seine Mundwinkel in die Höhe. Es war so weit! Seine Brüder waren endlich nach Old Anchor gekommen! Luthers Kinder …

11

»Neugeboren. Unter einer warmen Sonne. Zurück im Leben.«

Luther Niles saß regungslos auf seinem Stuhl, den Rücken zum Kamin gekehrt, dessen Glut halb erloschen war. »Nun kennen Sie meine ganze Geschichte. Keine Geheimnisse mehr.«

»Ach wirklich? Wie schön für Sie.« Bakermans Waffe lag auf seinem Schoß, der Lauf weiterhin auf Niles gerichtet. Dennoch schienen die Erzählungen ihre Wirkung nicht verfehlt zu haben. Der Schotte war nachdenklich geworden.

»Wenn Sie noch Fragen haben, dann stellen Sie sie jetzt. Uns bleibt nicht mehr viel Zeit. Ich kann es spüren.«

»Ich habe viele Fragen. Doch vorab die wichtigste: Was macht Sie so unruhig?«

»Können Sie sich das nicht denken?«

Bakermans Miene verfinsterte sich. »Genug hingehalten. Ihr Leidensweg in allen Ehren, aber Sie schinden nur Zeit. Allein deshalb bin ich in den zweifelhaften Genuss Ihrer unterhaltsamen Biographie gekommen.«

»Tun Sie nicht so, als hätte meine Geschichte Sie nicht fasziniert. Ich habe Ihnen erklärt, wie ich zu dem wurde, was ich bin. Und wie es mir gelang, zu fliehen.«

»*Die andere Seite* … Ihre Schilderungen sind leider mehr als vage.«

»Ich gebe zu, ich habe einen Teil dieser letzten Wahrheit zurückgehalten.«

»Damit ich Sie nicht gleich über den Haufen schieße?«

»Touché.« Niles zog seine Mundwinkel nach oben. Im trüben Licht des erdunkelten Zimmers sah es aus wie ein Lächeln. »Ich brauche Sie und Burns zum Überleben. Und Sie brauchen mich.«

»Ein Deal? Sie schlagen mir einen Deal vor?«

»Hören Sie, Bakerman. Ich bin mit Hilfe meiner sterbenden Brut entkommen. Nur so konnte ich das Tor zwischen den Welten durchqueren. Aber als ich –«

»Das Tor zwischen den Welten?! Das klingt nach schlechtem Gruselroman.«

»Und doch wissen Sie besser als jeder andere, wovon ich spreche, oder etwa nicht? Sie wissen, dass es hinter dem Vorhang unserer sogenannten Realität weitere Ebenen gibt. Geister, rastlose Tote, fremde ... schauerliche Wesen. Die moderne Wissenschaft hat noch nicht einmal an der Oberfläche dessen gekratzt, was im Begriff ist, über uns alle hereinzubrechen.«

»Und was genau ist das? Was haben Sie gesehen, als die Illusion zerfiel? Als Sie Ihrem Kerker entkamen?«

Luther Niles' Gesicht war nur noch ein schwarzer Fleck im Raum. Seine sonst so beherrschte und kühle Stimme zitterte, als er sich schließlich überwand: »Wenn ich es Ihnen erzähle, müssen Sie mir helfen, zu überleben.«

Bakerman spannte den Abzug. »Sie stellen Forderungen? In Ihrer Lage?«

»Wenn meine einzige Wahl die ist, wer mich töten darf, dann wähle ich Sie.«

»Sagen Sie mir, was Sie verfolgt!«

»Wie kommen Sie darauf, dass mich ...«

»Halten Sie mich für einen Dummkopf? Wenn ich

Ihren Geschichten Glauben schenke, gibt es nur eine mögliche Schlussfolgerung: Ihr Auftauchen hier dient dem Zweck der Befreiung. Noch sind Sie nicht frei, sonst bräuchten Sie uns nicht. Dort draußen geht etwas um und tötet diese englischen Camper. Aber in Wirklichkeit jagt es Sie. Und wir sollen Ihnen die Verfolger vom Hals schaffen. Ausgerechnet wir.«

»Eigentlich brauche ich nur Steven Burns.« Niles starrte zum Fenster. »Fragen Sie sich nicht, wo er steckt?«

Bakerman ließ sich seine wachsende Ungeduld und Sorge nicht anmerken. Steven war in der Tat schon lange überfällig. Aber es war nicht das erste Mal, dass er trotz konkreter Anweisungen eigene Wege ging. Wie ein Vater hatte Bakerman lernen müssen, seinem Schützling Raum zur Entfaltung zu geben. Steven Burns brauchte seine Freiheiten, sonst würde das Vertrauen zwischen ihnen zerbrechen. Es war ohnehin zerbrechlich genug. Bakerman hatte ihm im Laufe der Jahre viel verschwiegen, um ihn langsam und bedächtig an die Wahrheit heranzuführen. Stück für Stück. Das Letzte, was Steven in seinem unsicheren Dasein brauchte, war eine strenge Hand, die ihn entmündigte. Diesen Fehler würde Bakerman kein zweites Mal begehen. »Steven passt schon auf sich auf«, sagte er so überzeugend, wie er es vermochte.

»Das hoffe ich.« Niles klang weniger sicher. »In unser aller Interesse.«

»Also, was ist da draußen in den Wäldern?«

»Meine Kinder.«

Bakerman sog überrascht die Luft ein. »Ich dachte, Ihre Brut wäre verendet. Nicht überlebensfähig, wie Sie sich ausdrückten.«

»Das trifft auch zu. In gewisser Weise.« Niles strich sich mit einer Hand über die glatten Haare, zögerte kurz und schien zu überlegen, wie viel er preisgeben sollte. »Ich habe sie benutzt, um zu fliehen. Sie sind mit mir hierher zurückgelangt. Und sie waren kurz vor dem Krepieren.«

Die anfängliche Begeisterung und Zuneigung, mit der Luther Niles über seine Nachkommen gesprochen hatte, war gänzlich verflogen. Jetzt schwang etwas anderes in seinen Worten mit, ein unterschwelliger Zorn, gepaart mit Ekel ... und Furcht.

»Ich hatte mich von ihnen genährt, um das Tor zu überlisten. Und sie taten dasselbe mit mir. Ich musste sie von mir trennen, sie verbannen.«

»Sie haben das Weite gesucht und Ihre verunglückten Kopien, eine mutierende Ansammlung von Körperteilen und fremdartigen Zuchtstoffen, dem Tod überlassen. Wollen Sie mir das sagen?«

»Etwas hat sie transformiert, Bakerman. Der Wechsel von der anderen Seite zurück, in ihrem unfertigen Reifestadium und zusammen mit mir als der Quelle ihrer Schöpfung, hat ihre Widerstandskraft und Individualität gestärkt. Sie verfügen über so was wie einen eigenen Willen, und sie wollen überleben!«

»Wollen Sie mich auf den Arm nehmen, Niles?! Sie behaupten tatsächlich, da draußen kriechen Arme und Nasen und andere Körperteile herum und meucheln ahnungslose Wanderer, um weiterzuleben?«

»Es ist die Wahrheit. Diese letzte Zucht kann sich anpassen. Ich sagte Ihnen doch, das Ziel meines Projekts war es, mich ständig weiterzuentwickeln. Im Laufe der Phase Fleisch sind zahlreiche Mutationen in Flora und Fauna entstanden. Meine jüngsten Reproduktionen sollten in der Lage sein, sich an alle Umstände anzupassen.«

Plötzlich kam ein Geräusch von den geschlossenen Fensterläden. Wie ein Klopfen oder Kratzen.

Niles beugte sich langsam vor, vorsichtig wie ein

Raubtier, und seine Finger krallten sich um die Tischplatte, bis das Holz zu knirschen begann. »Sie sind auf der Suche nach organischen Wirten, mit deren Körper sie sich vermischen können. Hybridwesen, halb Wirt, halb … ich.«

Bakerman war aufgestanden, öffnete den Fensterladen einen Spaltbreit und spähte hinaus in die Nacht. Kein Zeichen von Steven.

»Sie müssen mir glauben«, fuhr Niles eindringlich fort. »der Umwandlungsprozess ist völlig unberechenbar. Es kann alles Mögliche geschehen. Manchmal reichen ihnen Tiere, aber Menschen bieten die beste Überlebenschance. Erfolg ist nicht sicher, aber auch nicht auszuschließen.«

Ein Schrei hallte durch den Wald, gefolgt von weiteren. Es hörte sich an wie eine Eulenart.

»Weiter«, drängte Bakerman, aber seine Stimme war jetzt leiser, fast schon belegt.

»Die Verbindung zu mir. Sie besteht noch immer. Ich kann sie spüren. Überleben sichern, das ist alles, was ich empfange. Ich kann sie nicht länger steuern oder beeinflussen. Sie sind tödlich. Sie suchen nach mir, aber unterwegs machen sie Beute und nisten sich in die Hüllen ihrer Opfer ein. Es ist wie ein Virus, der diesen ganzen Landstrich überschwemmen könnte.«

»Was für ein Zufall! *Sie* haben die Viecher doch überhaupt erst in *diesen Landstrich* gelockt!«

»Ich gebe zu, ich bin daran nicht ganz unschuldig.«

»Sie suchen also nach Ihnen? Weil Sie der perfekte Wirt wären.«

Stille.

»Ich gebe Ihnen diese eine allerletzte Chance, Niles. Also raus mit der Sprache! Weil Sie der perfekte Wirt für diese … Parasiten wären?«

»Ja.«

Etwas regte sich im Unterholz, irgendwo hinter dem parkenden Wagen. In die feuchte Nacht mischten sich seltsame Laute, fast wie ein Wispern, gierig und näher kommend.

Bakerman wandte sich vom Fenster ab. »Dann würde mich ein Schuss von der Gefahr befreien oder nicht?«

»Glauben Sie mir. Wenn Sie gesehen hätten, was ich gesehen habe, würden Sie Gefahr neu definieren.«

»Und der Deal?«

»Die Geschichte wiederholt sich. Steven Burns muss meine Kinder fortschaffen. Ohne mich werden sie dann niemals wieder herfinden.«

»Und Sie sind frei. Die Fremden, wie Sie die Verbündeten Finks nannten, haben ja anscheinend das Interesse verloren.«

»So ist es.«

Niles wurde immer unruhiger. »Im Gegenzug erfahren Sie von mir das Geheimnis der *anderen Seite*. Alles, was ich gesehen habe. Alles!«

»Klingt verlockend. Ich habe nur ein Problem!«

Luther Niles erhob sich von seinem Stuhl. Inzwischen zitterte er sogar. »Sie haben uns gefunden. Wir müssen uns beeilen. Ich konnte sie ein wenig zerstreuen, aber jetzt ist der Moment gekommen, in dem wir Steven Burns brauchen. Rufen Sie ihn!«

»Sie wollten uns so lange hier festhalten, bis Ihre widernatürliche Kinderschar sie aufgespürt hat.«

Niles wiegte den Kopf zur Seite, fast so, als würde er einer fernen Melodie lauschen. »Ein bisschen Druck kann Ihrer Entscheidung nur förderlich sein«, sinnierte er nicht ohne Stolz.

In diesem Augenblick wurde die Tür zur Hütte aufgerissen.

Bakerman wirbelte herum. Atemlos stolperte Steven Burns in die Lodge. Seine Kleidung war an mehreren Stellen wie von Dornen zerrissen. Er blutete über der Stirn, und Schweißperlen rannen ihm in Bächen die Schläfen hinab.

»... müssen ... abhauen ... schnell ...«, keuchte er, bevor er erschöpft und mit dem Rücken zur Tür zu Boden sank.

»Was haben Sie gesehen, Steven?«

»Die Engländer ... tot ... verändert ...« Er blickte zu Niles.

Bakerman verstand. »Also stimmt die Geschichte.«

»... und im Wald ... regt sich etwas. Es ist überall. Da waren Tiere und ...«

»Sparen Sie sich Ihre Puste«, bemerkte Luther Niles trocken. Die bloße Anwesenheit von Steven Burns hatte seine Selbstsicherheit mit einem Wimpernschlag wiederhergestellt. »Ich kann sie fühlen. Sie sind hier. Endlich. Es kann beginnen.«

Steven rappelte sich erschöpft auf. Mit fragendem Blick musterte er die beiden Männer vor ihm. »Wovon spricht der Irre? Was kann beginnen?«

Statt einer Antwort drangen plötzlich Geräusche vom Dach zu ihnen herab. Erst hörte es sich an wie das Schaben und Nagen vieler Ratten und Mäuse. Dann vernahmen Sie die Stimmen. Unmenschlich und doch eindeutig.

Luther Niles zuckte entschuldigend mit den Schultern. »Sie sehen aus wie ich. Sie klingen wie ich.«

Dann zerbarst der Dachbalken über ihnen. Und mit dem hölzernen Splitterregen brach der Alptraum über sie herein!

12

Die kalten Augen blinzelten nicht einmal. Dabei hatte der Schraubenschlüssel den Kiefer der Kreatur mit derartiger Wucht getroffen, dass Larry Newmans Handgelenk steif geworden war. Immer und immer wieder setzte das Wesen zum Angriff an, immer wieder schlug er es zurück. Aber es zeigte keine Anzeichen von Schmerzen. Nur ein tiefes Brummen, wie das eines missgestimmten Tieres, entrann seiner pulsierenden Kehle.

»Es spielt nur mit uns«, rief Joyce und zog Larry in Richtung der Kellertreppe. »Es weiß, dass wir nicht gewinnen können.«

Aus dem oberen Stock klangen wimmernde Schreie. Durch die Löcher in der Holzdecke rann weiter das Wasser der zersprungenen Aquarien, aber nun war es nicht länger klar, sondern gefärbt von Blut. Durchnässt taumelten sie zur Treppe, auf den aufgeplatzten Lippen lag der bittere Geschmack von Eisen.

Kaum setzte Joyce einen Fuß auf die erste Stufe, fand das Spielen ein jähes Ende. Die Kreatur spannte ihren deformierten Körper, halb Mensch, halb Hund, und katapultierte sich auf sie zu.

Larry wollte ausweichen, verlor jedoch auf dem rutschigen Untergrund das Gleichgewicht und stolperte dem Angreifer hilflos entgegen. Die beiden Körper prallten aufeinander und stürzten dumpf zu Boden.

Larry Newman kreischte, als würde man ihm bei lebendigem Leibe die Haut von den Knochen ziehen. Der Schraubenschlüssel wurde ihm aus der Hand gerissen und flog in den hinteren Teil des Kellers.

Wie eine Marionette wurde Larrys Oberkörper in der Umklammerung der Luther-Niles-Mutation hin und her geschüttelt. Jeden Moment würden seine Wirbelsäule oder sein Genick wie ein Streichholz brechen.

Joyce suchte vergeblich nach einer Waffe, und sei es nur eine Holzlatte, mit der sie hätte einschreiten können. Aber vor ihren Augen drehte sich alles. Die Umgebung löste sich in einem undeutlichen Strudel auf. Die Knie sackten ihr weg, doch sie bekam das Geländer zu fassen und fing den Sturz ab.

Dann traf sie ein Stoß von hinten an der Schulter und presste ihr die Luft aus den Lungen. Kraftlos fiel sie vornüber zu Boden. Ihr Gesicht schrammte über nasse Holzdielen, und feine Splitter bohrten sich in ihre Wangen wie Nadeln in ein Nadelkissen.

Jemand stand auf den Stufen hinter ihr.

Larry schrie ein letztes Mal …

Dann zerfetzten zwei Schüsse die Dunkelheit des gefluteten Kellers, und das Wüten fand ein Ende.

Der Schießpulvergeruch des entladenen Jagdgewehrs füllte die Kammer. Die Kugeln hatten das, was einst George Mullins Nachbar gewesen war, direkt zwischen die starren Augen getroffen. Noch immer zuckte der Körper des alptraumhaften Hybridwesens in einer blutigen Lache.

Larry schleppte sich würgend zur Treppe. Eine Hand umfasste seine. Er blickte auf. Der Druck der Hand verstärkte sich leicht.

Die Erleichterung, die Joyce durch ihre stumme Geste ausdrückte, gab ihm neue Kraft. Gegenseitig halfen sie sich auf die Beine.

Der Mann auf der Treppe lud sein Gewehr nach.

»Jetzt sind wir wohl quitt, was?!« George Mullin deutete mit zitterndem Arm zum oberen Ende der Treppenstufen. »Aber es ist noch nicht vorbei.«

Dann begann der alte Fischer zu weinen.

Im Haus lebte niemand mehr. Was immer durch das Fenster gebrochen war und die versammelten Gäste getötet hatte, war verschwunden. Wie auf einem Schlachtfeld lagen die zerfetzten Körper im Raum verteilt. Die Brustkörbe waren aufgerissen, und als hätten sich Aasvögel bereits an den Leichen versucht, quollen Gedärme über die Reste der Aquarien und elendig verendeter Zierfische.

George Mullin hielt sein Gewehr fest im Anschlag. Sein Blick war leer und schwarz.

Auch Joyce hatte ihre Waffe wiedergefunden. Während sie über den toten Indianer stieg, prüfte sie den Empfang ihres Mobiltelefons und wählte Bakermans Nummer. Als niemand abnahm, ließ sie das Telefon in ihrer Jackentasche verschwinden. »Wir müssen zum Wagen.«

Als Mullin vor ihnen das Haus verließ und hinaus in die abgekühlte Nachtluft trat, nahm sie Larry kurz zur Seite. »Wir sollten ihm das Gewehr wegnehmen. Der Kerl steht komplett unter Schock.«

Larry Newman starrte an ihr vorbei durch die offenstehende Tür zur Veranda.

»Hey, haben Sie mich gehört? Wir müssen –«

»Sehen Sie doch …! Das Dorf …«

Unsicher, ob sie wirklich sehen wollte, was ihren Kollegen jetzt nach all den Vorfällen noch verstören konnte, wandte Joyce Kramer den Kopf.

Feuersäulen erhellten die Nacht. Es machte den Anschein, als wäre vor jeder Hütte ein Signalfeuer entzündet worden.

»Die Autos brennen.«

»Diese Mutationen sind intelligent«, stellte Joyce erschüttert fest. »Sie sabotieren unsere Fluchtmöglichkeiten.«

In den glutroten Schatten der brennenden Fahrzeuge lagen zuckende Menschen, niedergestreckt von unförmigen Tierkörpern, die kauend auf den Leichen hockten und in dem gespenstischen Schein menschenähnliche Züge aufwiesen. Luther Niles' Kinder konnten offenbar in den Wirtskörpern der Tiere nicht lange überleben und fraßen sich nun mit gierigem Verlangen in die sterbenden Menschen hinein, um mit ihnen zu verschmelzen.

Es war eine Übernahme!

Die mutierte Genmasse pflanzte sich in die wehrlosen Bewohner Old Anchors hinein.

Tierkadaver blieben zurück, wo sich nackte, teilweise bis auf die Knochen verkohlte Menschen erhoben, mit einem dritten Niles-Auge in der Stirn oder mehreren Armen auf dem Rücken.

»Was für ein … Wahnsinn …«

»Larry!« Die Ohrfeige holte ihn zurück. »Bleiben Sie jetzt bei mir!«

»Ich kann nicht … Das ist … zu viel …«

»Und ob Sie können!« Joyce presste ihn gegen die Wand des Hauses. Er spürte ihren dichten Atem auf seinen Lippen. Ihre Augen funkelten, halb vor unterdrückter Panik, halb vor Entschlossenheit, nicht aufzugeben. »Wir stehen das durch! Zusammen! Ist das klar?!«

Sein gehetzter Blick irrte hilflos umher.

Er fühlte ihre warme Hand auf seiner Brust, dort, wo sein Herz schlug. Er ahnte, dass Sie ihm Mut zusprechen wollte. Aber das war sinnlos. Was konnte sie schon sagen, um ihn von den Schrecken abzulenken, die das Fischerdorf heimgesucht hatten?

»Larry …«, flüsterte sie.

Er schloss die Augen, um zu vergessen, was vor sich ging.

Dann explodierten die ersten Wagen.

Meterhohe Feuersäulen stießen in die Höhe, und Hitzewellen brandeten über Hütten und Gärten hinweg.

Joyce Kramer trat einen Schritt zurück, schenkte ihm ein bitteres Lächeln und legte den Finger um den Abzug ihrer Automatik. »Fressen oder gefressen werden!«

George Mullin hatte sein gesamtes Leben in Old Anchor verbracht. Und nun sah er seine Vergangenheit sterben. Seine Freunde, seine Welt. Der Anblick dieser Monster, die erbarmungslos über alles Lebende herfielen, ohne dabei auch nur einen Laut von sich zu geben, hätte ihm eigentlich den Verstand rauben müssen. Aber George war in der Natur aufgewachsen. Er hatte Fische getötet, Wölfe geschossen und Bären erlegt. Er hatte zwischen seinen Fingern das Leben von Tieren entweichen gefühlt und den Kreislauf aus natürlichen Nahrungsketten verinnerlicht. Es gab für alles einen Platz und einen Grund.

Sein Unterbewusstsein schaltete sich ein und errichtete einen Schutzwall aus Akzeptanz gegenüber den Urgewalten der Natur. Vielleicht war es der Schock, vielleicht auch die Unbegreiflichkeit dessen, was er sah. Oder es handelte sich schlichtweg um den menschlichen Instinkt, das eigene Überleben zu sichern. George Mullin jedenfalls eilte zielstrebig zwischen Gartenlauben und Totempfählen hindurch, umging die Leichen und erlöste die Sterbenden mit kurzen, aber heftigen Stößen seines Gewehrkolbens.

Sie erregten keine Aufmerksamkeit, als sie wie in Trance durch den allgegenwärtigen Rauch der brennenden Autos pirschten. Nur die Explosionen ließen sie von Zeit zu Zeit zusammenzucken.

In eine umgekippte Wäschespinne verstrickt, lag eine wimmernde Frau, das Nachtkleid in Fetzen, ebenso wie ihre Oberschenkel, an denen sich eine Kreatur labte, mit dem Körper eines haarlosen Ponys und dem Kopf eines Menschen, der auf beunruhigende Weise Luther Niles ähnelte.

»Biiiitteee …«, weinte die Frau. Ein Arm streckte sich über den Morast in ihre Richtung. »Biiitte …«

Er legte das Gewehr an und feuerte.

Das Tier kippte zur Seite, wo es mit den Hufen ausschlagend liegenblieb.

»Jacklyn«, rief George. »Jacklyn Rose, bist du okay? Keine Sorge, wir helfen dir.«

Der Arm tastete nach Georges ausgestreckter Hand. Ihr Griff war fest, eisig. »Biiitteee«, grinste die Frau und zog ihn zu sich herunter. Ihr Mund weitete sich zu einem Schlund.

Der Schuss aus Joyce Kramers Waffe erlöste Jacklyn Rose von den Folgen der Niles-Infektion.

Joyce blickte sich um. Der Qualm raubte ihnen jede Sicht. »Wir haben hier zwar Deckung, aber die Biester auch! Wir müssen weg.«

»Und wie? Der Wagen ist hin.« Larry schüttelte den Kopf. »Etwa zu Fuß? Die wittern uns doch! So weit und so schnell können wir gar nicht laufen.«

»Sie haben doch ein Boot, George?!«

Der alte Mann erhob sich mit tränenfeuchten Augen von der Leiche. »Ja, unten am Fluss.«

Joyce hatte ihren Entschluss gefasst. »Wir verschwinden übers Wasser. Bringen Sie uns hin!«

»Nein!« Mullin stellte sich ihnen in den Weg, das Jagdgewehr schussbereit im Anschlag.

»He?!« Larry machte einen Schritt vor. »Was ist in Sie gefahren?«

»Wir gehen nicht ohne Grace.«

»Die Frau aus der Teestube.«

»Grace ist ... eine gute Freundin. Ich lasse sie nicht zurück.«

In der Ferne rissen Rauchschwaden auf, als ein heller, langgezogener Schrei ihr Schweigen förmlich zerteilte.

»Also gut, wir sind dabei«, sagte Joyce. »Aber wir können nicht jeden retten. Wenn einer von uns verwundet wird, dann –«

»Ihr Kumpel ist auch verwundet«, unterbrach sie der alte Fischer. »Und ihm haben wir noch keinen Gnadenschuss gegeben, oder?!«

»Ich hatte wohl einfach Glück«, stotterte Larry Newman. »Hey, keine Ahnung, wie diese Scheiße funktioniert. Ich will es auch gar nicht wissen.«

»Vielleicht muss Blut ausgetauscht werden«, überlegte Joyce. »Oder die Viecher müssen an spezielle Organe ran, um die Mutation zu übertragen.«

»Gebissen hat mich dieser Luther jedenfalls nicht«, stammelte Larry, dem erst jetzt bewusst wurde, wie dicht er an seinem Ende vorbeigeschrammt war.

George Mullin wandte sich erschöpft zum Gehen. »Holen wir Grace. Und dann ab zum Fluss.«

13

Blut und Knochensplitter spritzten über die Holzwände der Lodge, wo immer Bakermans Schüsse ihr Ziel fanden.

Luther Niles' mutierte Kinder hatten sich der Tiere des Waldes als Wirtskörper bemächtigt und gierten nun nach dem Ursprungsorganismus. Die Züchtungen waren auf Perfektion angelegt, hatten aber von der anderen Seite fliehen müssen, bevor sie dieses Stadium erreicht hatten. Solange die geplante Evolution der organischen Zellmasse nicht selbständig voranschreiten würde, hatte seine Nachkommenschaft keine dauerhafte Überlebenschance.

Momentan war der Mensch Luther Niles der tauglichste Wirtskörper, den die Umgebung zu bieten hatte. Offenbar hatte sich diese Erkenntnis unter den Züchtungen herumgesprochen. Sie hatten seine Spur aufgenommen und ihn gefunden!

»Raus hier!«, schrie Steven.

Eine weitere Salve katapultierte zwei Angreifer, grässlich entstellte Waschbären mit menschlichen Beinstümpfen, rücklings in den Kamin. Die Glut setzte Fell und Haut in Brand. Die halb tierischen, halb menschlichen Todesschreie gingen ihnen durch Mark und Bein.

Steven Burns rannte hinaus in die Nacht und auf den Rover zu. Hinter sich vernahm er Schüsse und die hektischen Schritte seiner Begleiter.

Der Wald schien mittlerweile ein Eigenleben entwickelt zu haben. Ringsum regten sich Umrisse im Unterholz, und die absonderlichsten Laute hallten durch die Dunkelheit.

»Fliehen ist sinnlos«, brüllte Niles, der seine Beherrschung endgültig aufgegeben hatte. »Benutzen Sie Ihre Gabe, Burns!«

Steven drehte sich nicht um. Er erreichte den Wagen und rüttelte vergebens am Griff. »Bin schon da!« Bakerman stieß ihn von der Fahrertür weg. Blind in die Büsche feuernd, wo sich große, dunkle Konturen drohend vor ihnen aufgebaut hatten, gelang es ihm, den Schlüssel des Mietwagens aus der Tasche zu ziehen.

Luther Niles stand wie Steven mit dem Rücken zur Kühlerhaube. Mit Schrecken erkannten die beiden Männer, wie sich vom Dach der Hütte eine organische Masse herabließ. Der Anblick war von solch lähmender Unnatürlichkeit, dass Steven einige Sekunden brauchte, bis sein Verstand verarbeiten konnte, was er da sah. Als hätte jemand einen schmierigen Brei aus Tier- und Menschenkörpern gekocht, glitt ein verzweifelter Zusammenschluss von Züchtungen und Opfern auf sie zu.

»Bakerman«, hauchte Steven. »Beeilen Sie sich …«

Die Wagentür war offen, und Bakerman schwang sich hinter das Steuer, riss das Handschuhfach auf und sandte mehrere Impulse durch den kleinen Schalter. Im selben Augenblick spürte er den Vibrationsalarm seines Mobiltelefons. Es war Joyce!

»Steigen Sie endlich ein!«, rief er und startete den Motor.

Steven und Luther hielten ihm die Rücken zugewandt und regten sich nicht. Es hatte den Anschein, als würden sie ein paar eilige Worte wechseln.

»Machen Sie schon!« Im Rückspiegel erkannte Bakerman, wie sich vom Rand der Lichtung her ein Ring aus Körpern um sie schloss.

Die Scheinwerfer flammten auf und fluteten die Umgebung mit gelbem Licht. »Mein Gott!«

Als hätte man Luthers Spiegelbild in tausend Scherben zerbrochen, starrten unzählige seiner Augen und Gesichtszüge aus dem Dickicht und von den Bäumen, grässlich verformt und doch unverkennbar.

Luther Niles!

Er war überall!

Ein Rascheln, Fauchen und Wispern legte sich wie der Kanon einer kranken Symphonie über die Szenerie.

Dann erblickte Bakerman die Zellmasse, die ihn an die Schilderungen der damaligen Ereignisse in den Sphären erinnerte. Sie wälzte sich in faszinierender Schnelligkeit auf sie zu. Es war eine letzte Verzweiflungstat der Züchtungen, die sich zu einem Konglomerat aus Körpern verschmolzen hatten, um das eigene Überleben zu sichern.

Immer noch vibrierte das Telefon, doch Bakerman ignorierte den Anruf.

Er schlug auf die Hupe.

Aber weder Steven noch Niles zuckten zusammen, als die Sirene des Landrovers hinaus in die Nacht brandete. Sie hatten die Köpfe zusammengesteckt und redeten leise, aber scheinbar eindringlich miteinander.

Bakerman hatte genug von der Scharade. Er schwang sich aus dem geöffneten Fenster und zielte mit der MP auf Luther Niles.

Dieser wandte den Kopf, blickte demonstrativ zum in sich versunkenen Steven Burns und lächelte. »Zu spät.«

Die Scheinwerfer erloschen im selben Augenblick, als das Telefon verstummte.

Die plötzliche Finsternis brach völlig unvermittelt über die Lichtung herein, und mit der undurchdringlichen Schwärze kam die Stille.

Es war, als hätte sich das Trommelfell für den Bruchteil eines Atemzuges nach innen gekehrt. Die Außenwelt schien in sich zusammengefallen zu sein, wie sich der Kosmos kurz vor seiner Entstehung auf die Größe eines Moleküls zusammengezogen hatte, nur um dann explosionsartig zu expandieren und zu dem zu werden, was die Menschheit heutzutage als Weltall bezeichnete.

Aber es folgten keine Explosion und kein Donnerschlag.

Die Lichter flackerten kurz, dann stabilisierten sich die Kegel und tauchten die Lichtung in einen ruhigen Schein.

Sie war leer.

Bakerman öffnete die Fahrertür und setzte einen Fuß auf das feuchte Gras.

Luther Niles stand noch immer an derselben Stelle wie zuvor. Sein Lächeln war indes verschwunden. »Wenn Sie mich töten wollen, wäre dies ein geeigneter Zeitpunkt.«

Die gewaltige Körpermasse war fort. Ebenso die Tiere aus den Bäumen und dem Unterholz. Kein Laut drang aus dem Wald. Weder das Zirpen einer Grille noch der einsame Ruf eines Kauzes. Die Nacht war wie ausgestorben.

Steven Burns kniete auf dem Boden. Seine Hände hatten sich in den Morast gekrallt. »Tun Sie es nicht.«

Bakerman wandte sich zu Niles. Jegliche Gefühlsregung war aus seiner Mimik und seiner Stimme gewichen. »Sie haben erreicht, was Sie wollten. Zeit, dass Sie Ihren Teil der Abmachung erfüllen.«

»Die Gabe, über die Mister Burns verfügt, ist in der Tat beeindruckend. Er hat unser aller Leben gerettet«, kommentierte Niles, statt der Aufforderung nachzukommen.

»Sie geben mir jetzt Antworten über die Fremden und die andere Seite, oder Stevens Tat wird Sie nicht allzu lange beglücken«, sagte Bakerman und presste den Lauf der MP auf die Stirn des Mannes.

Wieder begann das Telefon in seiner Tasche zu vibrieren. Mit der freien Hand zog er es langsam hervor und legte es ans Ohr, ohne den Blick von Niles zu nehmen

»Joyce?! Was gibt es?«

Seine Augen verengten sich zu Schlitzen.

»Halten Sie durch. Wir sind gleich bei Ihnen!«

Dann setzte er Telefon und Waffe zeitgleich ab, atmete zweimal tief durch und sagte: »Steigen Sie in den Wagen, Niles!«

»Erneut ein Aufschub vor der Hinrichtung? Heute scheint mein Glückstag zu sein.«

»Kein Tag hat mehr als vierundzwanzig Stunden.«

14

Bakerman jagte den Rover in einem derart halsbrecherischen Tempo über den Schotterweg, dass Steven befürchtete, sie würden jeden Augenblick gegen einen der gewaltigen Bäume rasen und dort in einer Detonation vergehen. Zweige knallten gegen die Windschutzscheibe, und Schlaglöcher schüttelten sie derart durch, dass es an ein Wunder grenzte, wie das Fahrwerk die schweren Erschütterungen verkraften konnte.

Das Feuer war bereits auf mehrere Meilen zu erkennen. Hoch und grell stiegen die Flammensäulen über das Walddach und tauchten die Nacht in den Schein der Vernichtung.

Steven selbst hielt ständigen Kontakt mit Joyce, die er auf Lautsprecher gestellt hatte. »Wir können Old Anchor schon sehen! In zwei Minuten sind wir bei Ihnen!«

Die Verbindung war schlecht, und Joyce hatte offensichtlich Wichtigeres zu tun, als darauf zu achten, dass ihr Telefon immer dicht am Mund war. »… das Café verlassen … zu viert … Larry … zwei aus dem Dorf …«

Die Panik in Ihrer Stimme drückte ihm die Kehle zu. Er sah zu Bakerman, der mit erstarrter Miene das Lenkrad umschlossen hielt.

Luther Niles saß auf der Rückbank und schwieg mit beeindruckender Ruhe.

»Gehen Sie etwas vom Gas, wir sind doch gleich da!«, rief Steven, dem die Geschwindigkeit arg zusetzte. Er fühlte sich schwach und ausgelaugt. Offenbar hatte der Einsatz der Gabe an seiner Substanz gezehrt. Das Schwindelgefühl nahm mit jeder Kurve zu, so dass er immer größere Mühe hatte, sich zu konzentrieren und die Worte aus dem Telefon in seiner Hand zu verstehen.

»Achtung!« Eine Bodenwelle ließ die Räder des Landrovers für drei Sekunden die Haftung verlieren. Steven sah den massigen Baumstamm auf sie zurasen.

Er kann nicht ausweichen, schoss es Steven entsetzt durch den Kopf. Das ist das Ende!

Dann setzte das Fahrgestell wieder auf, Bakerman riss das Lenkrad herum …

… und der Ruck schleuderte sie zur Seite.

Stevens Kopf prallte gegen die Scheibe. Er spürte das Knacken der Halswirbel.

Dann schoss der Wagen aus dem Wald hervor, und sie befanden sich unter freiem Himmel. Old Anchor lag unmittelbar vor ihnen. Die kleine Siedlung am Seitenarm des Skeena River stand in hellen Flammen.

Bakerman drosselte das Tempo. »Sehen Sie sich das an!«, stieß er hervor.

Auf der einzigen Straße lagen Tier- und Menschenkadaver achtlos verstreut wie vergeudetes Saatgut.

An anderen Stellen verendeten weniger glückliche Bewohner des Dorfes qualvoll in ihren Gärten. Die Mutationen erreichten nirgends ihr Endstadium, aber sie bewirkten furchteinflößende Deformierungen und offenbar unvorstellbare Schmerzen.

»Halten Sie an, verdammt!«, rief Steven, kaum dass er seine Beherrschung wiedergefunden hatte. »Wir müssen den Leuten helfen!«

»Denen ist nicht mehr zu helfen«, kam es leise von der Rückbank.

»Wir können Sie zumindest von Ihren Qualen erlösen!«

Im Seitenspiegel funkelten die dunklen Augen von Luther Niles. »Sparen Sie sich die Munition.«

»... sind unten ... Fluss ...«, drang es aus dem Lautsprecher. »... bei den Booten ... kommen! Sie komm-«

Dann brach die Verbindung ab.

»Na, wem wollen Sie jetzt helfen? Den armen Dorftrotteln oder Ihrer Freundin?«

Steven schluckte seine Bemerkung hinunter.

»Dachte ich's mir doch«, murmelte Luther Niles, als Bakerman den Wagen ohne Umschweife den Hang hinab zum Flussufer lenkte, dorthin, wo lange Stege auf den Seitenarm des Skeena River führten. Boote sahen sie keine.

Das Telefon war Joyce aus der Hand geschleudert worden, als der Angreifer die Tür zum Bootsschuppen durchbrochen hatte. Erst Larrys Schlag mit dem Ruder hatte der Luther-Züchtung in Gestalt eines älteren Mannes das Genick gebrochen. Mit schief abgeknicktem Hals lag er nun vor ihnen auf den Dielen. Seit die Munition vor einer Viertelstunde zur Neige gegangen war, hatten sie sich mit provisorischen Waffen verteidigen müssen.

»Wo bleibt Bakerman denn? So groß ist dieses Nest ja nun wirklich nicht!«

»Er ist auf dem Weg, verflucht! Mehr weiß ich auch nicht!« Joyce suchte nach ihrem Telefon, aber es war nirgends zu entdecken.

»Können wir was tun?«

Sie blickte zu George und Grace, die einander an den Händen hielten.

»Passen Sie auf sich auf, das können Sie tun!«

Grace hatte sich in ihrer Teestube verbarrikadiert, aber zwei Züchtungen hatten sich über das Dach Zutritt verschafft und soeben über sie herfallen wollen. Hätte George sie nicht mit dem Gewehr erledigt, sie hätten die alte Frau erschießen müssen. Ansteckung und Verwandlung verliefen in unvorstellbarer Geschwindigkeit und waren nicht aufzuhalten. Aber ebenso schnell, wie die neuen Körper in Besitz genommen wurden, verfielen sie auch wieder. Es war nur eine Frage der Zeit, wann die Belagerung in sich zusammenfallen würde.

»Hören Sie das?« Larry stürmte ans vernagelte Fenster. Durch einen Spalt schielte er hinaus in die von Rauch, Flammen und Schreien durchsetzte Nacht. »Ein Wagen!«

Joyce sprang auf die Beine und huschte zur Tür.

»Nein, nicht!« Sein Entsetzensschrei ließ sie herumwirbeln. »Zurück!«

»Warum?«

Larry Newman blieb ihr die Antwort schuldig. Er machte einen Satz, bekam Joyce an der Schulter zu fassen und warf sie zu Boden.

Im nächsten Moment zerbarst die Holzwand des Bootsschuppens, und der Landrover verfehlte sie nur um Haaresbreite.

Das Heck des Wagens scherte zur Seite aus, erwischte die beiden Ruderboote am Ende des Schuppens und schmetterte diese wie Plastikspielzeug durch die Rückwand der Hütte, nur um wenige Sekunden später ebenfalls ins Wasser zu stürzen und dort endlich zum Halt zu kommen.

Ungläubig starrten alle auf das Fahrzeug, das kurz auf der Wasseroberfläche schwamm und dann zu sinken begann.

Vor dem Wagen trieben einige nicht mehr zu identifizierende Körper. Joyce glaubte einen aufgenähten Union Jack auf einer Jacke zu erkennen. Die Backpacker aus dem Wald, dachte sie.

»Die Kavallerie hat versagt«, keuchte George Mullin. Sein Gesicht hatte jegliche Farbe verloren.

Grace drückte seine Hand, dann schaute sie zurück zum Loch, das der Landrover an der Vorderseite des Schuppens hinterlassen hatte. Dahinter zeigte sich das Inferno in vollem Ausmaß. Der Hang zur Straße war gepflastert mit Leichen und abgetrennten Gliedmaßen, während Feuerzungen über Hütten bis hin zum nahen Waldrand leckten.

Bevor das Fahrzeug gänzlich im Fluss versank, zogen sich drei Männer nacheinander durch das zersprungene Glas der Windschutzscheibe. Ächzend schleppten sie sich auf den Steg, der zum Bootshaus führte.

»Seien Sie froh, dass wir überhaupt noch leben«, keuchte Bakerman aufgebracht. »Die Kerle haben sich einfach vor die Hütte gestellt – mit überschweren Schrotflinten!«

Steven winkte ab. »Und deswegen gehen Sie nicht vom Gas?«

»Hatte ich eine Wahl?«

»Kommen Sie!« Joyce griff Larry am Arm und zog ihn mit sich auf den Steg.

Auch George und Grace folgten ihnen einige Meter, doch der Anblick des echten Luther Niles ließ sie erschrocken zurücktaumeln.

»Keine Sorge, er ist auf unserer Seite«, kam ihnen Steven zuvor.

Luther Niles zog überrascht eine Augenbraue hoch.

»Da sind Sie ja!« Die Erleichterung stand Bakerman ins Gesicht geschrieben. »Als die Verbindung abbrach, habe ich das Schlimmste befürchtet.«

»Ich finde, wir sind schon recht dicht dran«, murmelte Larry. »Am Schlimmsten, meine ich«

Bakerman ließ seinen Blick über die Stege gleiten. »Wir brauchen ein Boot, um von hier zu verschwinden.«

»Zwecklos«, krächzte George Mullin. »Die haben ganze Arbeit geleistet. Alle Boote sind versenkt. Und die letzten beiden hat Ihr Landrover zerschmettert.«

Bakerman wandte sich an Niles. »Wie viele von denen gibt es noch?«

»Woher soll ich das wissen, kleiner Mann?«

»Sie werden allmählich wieder ganz der Alte, hm? Überheblich, undiszipliniert und unachtsam.«

»Ach ja?« Niles verschränkte die Arme vor der Brust. Zwei Leichen trieben zu seinen Füßen unter dem Steg hindurch.

»Sie haben selbst zugegeben, dass eine Verbindung zwischen Ihnen und Ihren *Kindern* besteht. Erzählen sie mir also nicht, sie würden nichts fühlen.«

Luther Niles überlegte kurz. Als er schließlich antwortete, schien er zu dem Schluss gelangt zu sein, dass er nichts zu verlieren hatte. »Sie haben natürlich recht. Obwohl ich die *andere Seite* verlassen habe und seitdem nicht mehr das Zentrum bin, spüre ich sie. Und sie mich. Ich fühle ihr Leiden und ihr Sterben. Ich habe eine dunkle Ahnung vom Ausmaß der Verzweiflung. Die Angst, nicht leben zu können.«

George Mullin schwenkte drohend mit einer abgebrochenen Ruderpinne. »Sie sprechen von diesen Monstern, als wären es Menschen!«

»Noch sind sie keine«, erwiderte Niles. »Aber sie wollen es gerne werden.«

Larry legte dem alten Fischer beruhigend die Hand auf den Arm. »Wir brauchen ihn vielleicht noch, George.«

»Ach ja? Und wofür?«

»Drehen Sie sich mal um. Aber langsam …«

Am Ende des Stegs hatten sich über ein Dutzend nackter Männer versammelt. Körperbau und Statur wiesen deutliche Unterschiede auf, aber ihre Gesichter glichen einander bis ins letzte Detail.

»Die Metamorphosen sind … vollendet«, stammelte Niles, der erstmalig seit ihrem Aufbruch von der Lodge wieder seine Beherrschtheit verlor. »Wie ist das möglich?«

»Evolution«, flüsterte Bakerman. »Haben Sie mir nicht davon erzählt?!«

»Aber … ich dachte …«

»Sie dachten, die bräuchten Sie, um den Reifeprozess zu vollenden. Anscheinend sind auch Sie nicht allwissend, was Ihre Kinder betrifft.«

»Luther!«, kam es im einstimmigen Choral vom Ende des Steges. »Komm zu uns. Du gehörst in unsere Mitte.«

Die Furcht in seinen Augen war nicht gespielt. Mit zitternden Händen wandte Luther Niles sich an Steven Burns. »Sie haben es mir versprochen. Schaffen Sie mir die vom Leib. Und ich bringe Sie zu Ihrem Bruder.«

Steven wagte nicht, Bakerman oder die anderen anzuschauen. Er erinnerte sich an die knapp ausgetauschten Worte auf der Lichtung, kurz bevor er seine Gabe benutzt hatte. Er hatte sein Gegenüber endlich genau da, wo er es haben wollte. Dennoch fühlte er sich seinen Freunden gegenüber wie ein Verräter.

»Denken Sie nach, Steven«, schaltete sich Bakerman ein, kaum dass die erste Mutation einen Fuß auf den Steg gesetzt hatte. »Sie können ihm nicht trauen! Wer weiß, wo er Sie hinführt.«

»Lassen Sie das unsere Sorge sein, kleiner Mann.«

»Wer weiß schon, ob das hier auch wirklich alle seine Brüder sind und nicht irgendwo noch eine zweite Legion lauert?«

»Ich fühle, dass es alle sind!«, rief Niles. Und an Steven gewandt: »Eine Hand wäscht die andere, Burns. Das ist Ihre Chance. Und meine natürlich.«

»Luther, Luther ...« Die nackten Ebenbilder kamen langsam näher. Schritt für Schritt.

»Wir haben keine Waffen, und das sind ausgebildete Killer, zudem noch ansteckend«, flüsterte Joyce. »Entscheiden Sie sich besser schnell!«

Sie mussten zurückweichen, rückwärts den Steg entlang, der hinaus auf den Fluss führte. Doch ihnen blieben keine zehn Meter mehr bis zur letzten Holzplanke.

»Sie dürfen Niles nicht trauen!«, rief Bakerman.

»Auf Sie hört hier keiner mehr! Nur Burns kann uns helfen. Nur Burns werde ich die Wahrheit offenbaren. Und dafür muss er mich mitnehmen. Weg von hier.« In den dunklen Augen von Luther Niles spiegelte sich der aufgestaute Wahnsinn jahrelanger, unvorstellbarer Torturen wider. »Sie können zwischen den Welten wandeln. Sie, Burns, Sie sind der Schlüssel. Vernichten Sie meine Kinder, und retten Sie mich. Retten Sie Ihren Bruder!«

»Sie haben es gesehen, nicht wahr? Sie waren wirklich dort?«

»Die *andere Seite*? Ja, ich kann sie Ihnen zeigen. Ich weiß, wo Ihr Bruder ist.«

»Lasst uns den Verrückten ausliefern«, schluchzte Grace unter Tränen. »Mehr wollen die doch nicht.«

»Da irren Sie sich aber gewaltig, Teuerste«, erwiderte Niles. »Kostprobe gefällig?«

Ehe jemand einschreiten konnte, hatte er die alte Frau mit einem Tritt vom Steg befördert. Mit dem Kopf voran stürzte sie in den Fluss, dessen schwarze Wogen augenblicklich über ihr zusammenbrachen.

»Grace!« George Mullin zögerte keinen Moment und sprang hinterher. Prustend kam er mit ihr im Rettungsgriff wieder an die Oberfläche.

»Was soll der Mist?«, schrie Larry.

»Sehen Sie es nicht, Newman? Da im Wasser?«

Keine fünf Meter von den beiden schwamm einer der englischen Rucksackreisenden. Dort, wo zuvor der Union Jack auf der Jacke geprangt hatte, ragte jetzt ein menschlicher Arm aus dem Rückenmark und streckte sich gierig nach den beiden Alten.

»Ich habe Ihnen doch versichert, dass sie alle hier sind!«

Niles packte Steven am Kragen, allerdings eher verzweifelt als brutal. Seine Stimme war schrill vor Furcht und irregeleitetem Enthusiasmus. »Jetzt! Erst lassen Sie unsere Feinde verschwinden, dann suchen wir Ihren Bruder. Sie haben die Macht dazu!«

Stevens Schwindelgefühl hatte sich in den vergangenen Minuten immer weiter gesteigert. Er wankte, er war unschlüssig, sah vor seinem inneren Auge den kleinen Daniel Burns mit seinen vier Jahren im Garten spielen, sah das von Wahnsinn zerfressene Gesicht von Luther Niles, die gierigen Blicke seiner näher rückenden Ebenbilder und die zuckende Hand im Fluss.

»Hilfe!«, kam es flehend aus dem Wasser.

Steven spürte die grenzenlose Verantwortung, ahnte, dass er kein Druckmittel mehr haben würde, wenn er die Züchtungen verschwinden ließ, und dass sie alle sterben würden, wenn er es nicht tat.

Er brauchte Niles, um Daniel zu retten, aber Niles war verrückt. Bakerman hatte zweifellose recht: Man durfte ihm nicht trauen.

Tausend Gedanken implodierten in seinem Kopf – Daniel, die Fremden, die Sphären, die Toten, die Blicke, die auf ihm ruhten – und erdrückten ihn schließlich.

Die Beine gaben nach, er sackte zur Seite weg und fiel ohnmächtig auf den Steg.

Niles starrte ungläubig auf ihn hinab.

»Hilf...« George Mullin versank, von einem zuckenden Arm gepackt, mit dem Kopf unter Wasser.

»George«, schrie Grace, aber die aufgescheuchten Wellen verhinderten, dass sie ihm in seinem letzten Kampf zur Seite stehen konnte.

Bakerman hatte genug gesehen. Er tippte eine schnelle Kombination in die Tasten seines Mobiltelefons. Dann gab er Joyce das vereinbarte Zeichen.

Auf diesen Befehl hatte sie gewartet, mit der professionellen Geduld einer Agentin, die jahrelang darin geschult worden war, ihre Nerven zu kontrollieren.

Ähnlich geduldig hatte seit ihrer Ankunft am Nachmittag Bakermans alter Freund General Korenchkyn a. D. von den Hügeln nördlich des Dorfes aus das Signal im Auge behalten, um im Falle einer Notsituation schnell und kompromisslos einzugreifen, seit der ersten Morse-Nachricht, kurz bevor sie die Hütte im Wald betreten hatten, bis zu diesem alles entscheidenden Zeitpunkt!

»Tauchen«, zischte Joyce ihrem Freund Larry Newman ins Ohr, dann gab sie ihm einen Stoß und schnellte auf Steven zu. Sie riss den Bewusstlosen mit sich vom Steg, und während Larry auf der anderen Seite die Wasseroberfläche durchbrach, ließ sich Bakerman am Ende der Holzplanken nach hinten fallen.

Luther Niles stand wie gelähmt da.

Die Zeit verlor an Bedeutung, wie damals, in den

vielen, ungezählten Lebensspannen, die er durchlaufen hatte.

Als seine Kinder über ihn kamen, hörte er weder seine eigenen Schreie, noch sah er, wie die zwei Alten sich unter dem zuckenden Arm hinweg und hinunter zum Grund des Flusses retteten.

Alles verlor an Konturen, an Bedeutung, an Substanz. Er löste sich auf.

So vermochte er auch den Feuerschweif am Horizont nicht mehr zu deuten, der wie ein Blitz über das brennende Old Anchor hinwegraste, direkt auf den Steg zu.

Als die Lenkrakete ihr Ziel erreichte, hatte mit einem Schlag alles Leiden ein Ende.

Endlich fand der Mensch Luther Niles, wonach er sich seit einer verschneiten Februarnacht in Sapporo gesehnt hatte: Frieden.

EPILOG

Tommy Rowland stand am Steuer und genoss das Rattern der Motoren ebenso wie das Klatschen der Wellen gegen den Rumpf des Fisch-Trawlers.

Das Sonnenlicht des späten Nachmittags fiel schräg in die Bucht, und das Glitzern der Reflexion blendete, aber die Luft war so klar, dass man quer über die Bucht bis hin zu Point Atkinson blicken konnte. Dort, wo sich die Wasserwege der Straße von Georgia mit dem Burrard Inlet vereinten, gab es seit jeher tückische Strömungen. Es existierte mehr als eine schaurige Anekdote über vermisste Schwimmer, die voller Übermut des Nachts die Meerenge zu meistern versucht hatten. Wie viele Leben vom Wellengang einfach fortgezogen worden waren, hinaus auf den endlosen Pazifik und fort von Freunden, Familien und Erinnerungen, wusste niemand zu sagen.

Das Meer war sein eigener Herr und scherte sich nicht um die Belange der Menschen. Wer die Urgewalten herausforderte, hatte mit den Konsequenzen zu leben. Oder zu sterben.

Tommy hatte seine Lektion vor acht Jahren gelernt, als ein Sturm sein damaliges Boot zum Kentern gebracht hatte. Siebzehn Meilen von der Küste entfernt.

Er rieb seine verkrüppelte Hand an der Konsole für das Funkgerät. Drei Finger waren ihm damals im eisigen Wasser abgefroren, und die Lungenentzündung hatte seinen Körper derart zermürbt, dass er fortan nur noch im Sommer zur See fuhr. Aber er liebte seinen Beruf. Und er brauchte den Salzgeschmack auf seiner Haut und das Schäumen der Wogen unter seinen Füßen wie andere Menschen die Luft zum Atmen.

Zwei Seeschwalben umkreisten die Masten des Fisch-Trawlers, als das kleine Schiff in gemächlichem Tempo in den Hafen von Vancouver einfuhr. Die Schleppnetze waren lange eingeholt und die Ladung sicher und in Eis gekühlt unter Deck gelagert. Die Fahrt von Prince Rupert bis hierher hatte Tage gedauert, und Tommy freute sich auf das Wiedersehen mit seiner Frau Sharon und ihrer sechsjährigen Tochter Jenny. Er würde der Kleinen wie immer von Nixen und Seemännern erzählen, die er gesehen hatte, und das Mädchen würde ihn wie immer mit leuchtenden Augen belohnen.

Tommy gab Point Atkinson einen letzten stummen Gruß, dann lenkte er den Trawler in die vorgesehene Fahrrinne, so dass die nördliche Küste aus seinem Blickfeld verschwand. Wie immer weckte dieser, wenn auch nur kurzzeitige Abschied Wehmut in seiner Brust. Der Leuchtturm auf den Felsen erinnerte Tommy Rowland an die Geschichten von Piraten und geheimen Bruderschaften, die vor über hundert Jahren Vancouver unsicher gemacht haben sollen. Er erinnerte sich, wie er damals der Stimme seines Vaters gelauscht hatte, so wie heute Jenny seiner. Sein Dad hatte ihn regelmäßig mit zum Angeln genommen und beim Lagerfeuer am Ufer in unheilschwangeren Worten geschildert, dass Vancouver auf uraltem Land erbaut sei und es dort draußen rastlose Geister gebe, auf der Suche nach Erlösung. Tommy hatte das Seemannsgarn in sich aufgesogen, dankbar für den Zauber des Geheimnisvollen, den es in ihm zu wecken vermochte.

Und die Stadt zu Füßen des mächtigen Küstengebirges hatte ihre Anziehung nie verloren. Noch heute fühlte sich Tommy Rowland wie ein Abenteurer, wenn er von Wochen auf See zurückkehrte und die verspiegelte Skyline der Metropole in Sichtweite kam.

Vorne auf dem Fangdeck übte sich Morris lässig in einer Spezialität, die dem hochgewachsenen Mann in den Fischerkneipen Vancouvers zu einigem Ruhm verholfen hatte: das Drehen einer Zigarette mit nur einer Hand.

Dabei prüfte er routiniert die Kurrleinen, an denen das geschleppte Netz befestigt war, sowie die an Rollen befestigten Galgen außenbords. Als die Zigarette fertig war, hatte Morris seine Inspektion beendet und streckte grinsend den erhobenen Daumen in die Höhe.

Tommy erwiderte den Gruß. Sie verstanden sich wie Brüder, auch wenn sie in ihrem alltäglichen Leben wenig gemeinsam hatten. Tommy brauchte seine Familie, die Geborgenheit eines Zuhauses, die Wärme seiner Frau und die hoffnungsvollen Erwartungen seiner Tochter. Allein und glücklich war er nur auf See. An Land brachte ihn Einsamkeit fast um den Verstand. Er wollte gebraucht werden und benötigte seinerseits den Halt von Menschen, die an ihn glaubten.

Morris war anders.

Morris war der sprichwörtliche Fels in der Brandung, der sich selbst genügte.

Er hätte Hunderte von Frauen haben können und ebenso viele Freunde.

Aber Morris machte sich wenig aus zwischenmenschlichen Beziehungen. Sie erfüllten ihn weder mit Genugtuung noch mit innerer Ruhe. Ihm fehlte die Empathie für Bedürfnisse, die nicht die seinigen waren, und er war zu faul oder zu ignorant, um sich in dieser Hinsicht zu ändern.

Wann immer sie mit dem Trawler ausliefen, war es, als befänden sich die beiden fast gleichaltrigen Männer auf einem Schulausflug. Sie scherzten, sie lachten, sie genossen die gegenseitige Nähe im sicheren Vertrauen, dass sie Schicksalsgenossen waren. Dazu bestimmt, zur See zu fahren und den salzigen Wind auf der Haut zu spüren. Doch keine Stunde nach ihrer Rückkehr blieb von der Verbundenheit nicht mehr übrig als eine ausgetauschte Telefonnummer und der nächste Termin zum Auslaufen.

Die Dinge sind, wie sie sind, dachte sich Tommy Rowland. Warum sie ändern?

Zwei Stunden später hatten sie das Schiff vor Anker gelassen und ihren Fang ausgeladen. Das Kreischen der hungrigen Möwen begleitete das letzte Netz, das über die Reling von Bord ging.

Morris hatte sich trotz der frühabendlichen Kühle das verschwitzte T-Shirt ausgezogen. Er setzte sich am Kai auf eine zur Abholung bereite Holzkiste mit Reparaturmaterial für Kühlanlagen und blätterte in einer zerknitterten Ausgabe der Vancouver Sun.

»Hey, Tommy, sieh dir das mal an!«

»Was gibt's? Haben die endlich deine Lotteriezahlen gezogen?«

»Nee, damit warten die Säcke bis zu meiner Beerdigung. Aber hier ...« Er blies einen Rauchring in die Luft und faltete die Zeitung so, dass die kleine, unscheinbare Überschrift ganz oben war.

»Ein Waldbrand? Na und? Davon gibt's jeden Monat Dutzende, und der hier ist schon ein paar Tage alt.«

»Schon klar.« Morris ließ den Zigarettenstummel zwischen seinen Mundwinkeln hin und her tanzen. »Aber wir hatten uns doch gewundert, dass letzte Woche so viele Lachse ins Meer rausgetrieben sind ...«

»Haben wir, ja. Die Netze waren voll mit den Kerlen.«

»... na, und da dieses Old Anchor hier am Skeena River liegt, bestes Lachsgebiet, vielleicht hat das was damit zu tun.«

Tommy Rowland schüttelte lachend den Kopf. »Lachse fliehen vor brennenden Bäumen! Das wäre mal eine Schlagzeile.«

»Ganz im Ernst ... Hier steht, das Feuer hat das komplette Dorf zerstört. Teile des Waldes bis hin zum Fluss. So gut wie keine Überlebenden. Es heißt, Einsatzkräfte des Militärs hätten sich kurzfristig eingeschaltet und geholfen, die Brände einzudämmen.«

»Militär? Echt? Dann sind die wenigstens mal zu was gut.«

Morris unterdrückte das Grinsen und hielt sein Pokerface wacker aufrecht. »Vielleicht war es ja gar kein Waldbrand, sondern so ein radioaktiver Meteor oder ein Ufo, und jetzt will die Regierung es vertuschen! Und nur die Lachse wussten, was abgeht, und sind geflohen.«

»Dann haben wir also die einzigen Zeugen einer Invasion mit unseren Netzen eingefangen und tiefgekühlt?« Tommy Rowland schlug seinem Freund auf die nackte Schulter und machte sich lachend auf den Weg den Kai entlang. »Danke, Alter. Jetzt habe ich eine prima Geschichte für Jenny heute Abend.«

»Keine Ursache! Hey, wenn die ein Buch über uns schreiben, will ich mindestens die Hälfte der Tantiemen, klar?«

»Du kannst alles behalten. Ufos und ein siebenfingriger Fisch-Trawler-Kapitän, das passt einfach nicht zusammen«, rief Tommy ein letztes Mal, ohne sich umzudrehen.

Er verließ den Hafen und machte sich auf den Weg

nach Hause. Der Geruch der Autoabgase war eine willkommene Abwechslung zum Fischgestank an Bord. Dennoch wusste Tommy, dass er es auf dem Festland nicht allzu lange aushalten würde.

Der Sommer war bald vorbei, und die Herbststürme waren nichts mehr für ihn. Er hatte vor, jeden verbliebenen Tag auszunutzen, der ihm noch etwas Wärme sowie das unvergleichliche Gefühl auf den Wogen des Ozeans bescheren konnte.

Als er nach Hause kam, stürmte ihm die kleine Jenny schon über den Vorgarten entgegen. Glücklich nahm er seine Tochter in die Arme und wirbelte sie dreimal herum.

In dieser Nacht erzählte Tommy Rowland die Geschichte der verzauberten Lachse, und wie er den letzten ihrer Art mit seinem Netz gefangen und so vor dem sicheren Tod gerettet hatte. Jenny schlief zufrieden ein, glitt in schöne Träume von Regenbogen und Delphinen.

Erst drei Tage später sollte er erfahren, dass sein guter Freund Morris an jenem Abend spurlos verschwunden war.

Morris' Schwester hatte sofort eine Vermisstenanzeige aufgegeben, aber aus Wochen des Bangens und der Sorge wurden irgendwann Monate, Jahre, ein Leben.

Er tauchte nie wieder auf.

Sein Schicksal blieb für die wenigen Freunde und Bekannten, die er hatte, auf ewig ungeklärt. Ähnlich dem Schicksal vieler Schwimmer und Taucher, die nah der Bucht bei Point Atkinson von den schwarzen Fluten verschlungen worden waren.

Niemand hatte in der Dämmerung am Hafen bemerkt, wie der muskulöse Mann alleine seine Zigarette ausgeraucht hatte und dann eine Weile über die Planken am Kai gewandert war. Mehr aus Langeweile, und weil es für ihn noch zu früh für den Kneipenbesuch gewesen war, hatte Morris begonnen, Fische mit dem Stiefel ins Wasser zu treten, die zuvor durch die prallgefüllten Netze gerutscht waren.

Niemand hatte ihm zur Seite gestanden, als ein vermeintlich toter Fisch sich auf dem Kai in seinen Schuh verbiss.

Niemand hatte gesehen, wie er plötzlich das Gleichgewicht verloren hatte und dann, in einem stillen Moment des Schocks und der Hilflosigkeit, mit den Armen rudernd ins Hafenbecken gestürzt war.

Niemand hörte ihn unter Wasser schreien, als sich das Tier Stück für Stück an ihm emporfraß. Vom Fuß zum Schienbein, über den kräftigen Oberschenkel hinauf in die weichen Lenden, dann weiter, mit scharfen Zähnen den Brustkorb wie einen reifen Apfel in zwei Hälften teilend, bis schließlich Hals und Kopf des sterbenden Mannes erreicht waren.

Einsam, sterbend, mehr als sieben Meter unter der trüben Hafenwasseroberfläche, sah er das widernatürliche Antlitz seines Mörders.

Denn obgleich mit dem Fischrumpf verwachsen, war die Hälfte des Gesichts menschlich zu nennen. Augen, Nase, sogar die Mundpartie ähnelten einem erwachsenen Mann.

Doch bevor Morris darüber nachdenken konnte, was er Tage zuvor bei Prince Rupert aus der Flussmündung des Skeena River gefischt hatte, veränderte sich etwas in ihm.

Der unerbittliche Druck, der seine aufgerissenen Lungen mit Blut und öligem Wasser füllte, ließ nach und blieb hinter einer letzten Erkenntnis zurück, kurz bevor seine Identität für immer ausgelöscht und von etwas Fremdem ersetzt wurde.

Ich muss helfen.

Ich muss mich hingeben.

Ich muss ihm meinen Körper überlassen und meine Seele.

Ich muss ihn aufnehmen wie eine Mutter, die ihr Neugeborenes zurück in den Leib führt, um es vor den Gefahren der Welt zu schützen.

Ich muss mich töten lassen, damit er weiterleben kann.

Ich muss …

Sie verschmolzen miteinander. Das Bewusstsein des Fischers verlor sich in einem Strudel aus Erinnerungen und Gelüsten, die nicht länger seine eigenen waren.

Der letzte Gedanke, bevor er starb, erfüllte ihn mit fremdartiger Kälte und Klarheit:

Luther, mein Kind …

gabriel burns
Es ist der Trip
und nicht die Ankunft
Anspruchsvolle Hörspiele der Luxusklasse mit den großen deutschen Synchronstars. Mehrfach ausgezeichneter und überragender Gewinner des Hörspiel-Awards.
Mit exklusiven Gast-Performances u.a. von JIMMY POP, SPORTFREUNDE STILLER, BELA B. ,SMUDO und H-BLOCKX.
gabriel burns
... dem Winter folgte der Herbst
25
gabriel burns
R.
26
gabriel burns
Zwiespalt
27
Angst.
Das Original auf CD.
www.gabriel-burns.de
UNIVERSAL
UNIVERSAL MUSIC GROUP

Lauren Fox

Kalte Füße

Roman

Deutsche Erstausgabe

ISBN 978-3-548-26499-8
www.ullstein-buchverlage.de

Das Leben der 30-jährigen Emily scheint perfekt zu sein: Sie hat seit fünf Jahren einen ergebenen Ehemann, Kevin, eine tolle beste Freundin, Meg, und als freiberufliche Autorin ist sie gut im Geschäft. Aber als Kevin ihr vorschlägt, in die Vorstadt zu ziehen und eine Familie zu gründen, bekommt Emily kalte Füße. Hals über Kopf stürzt sie sich in eine Affäre mit dem faszinierenden David. Den Umstand, dass sie verheiratet ist, verschweigt sie allerdings. Kein Wunder, dass ihr Doppelleben sehr schnell aus den Fugen gerät …

UB408

ullstein

Jo Nesbø

Der Fledermausmann

Kriminalroman

ISBN 978-3-548-25364-0
www.ullstein-buchverlage.de

Harry Hole, der unkonventionelle Kommissar aus Oslo, wird nach Sydney geschickt, wo er den Mord an einer jungen Norwegerin aufklären soll. Gemeinsam mit seinem australischen Kollegen, dem Aborigine Andrew, nimmt er die Ermittlungen auf. Schon bald müssen sie feststellen, dass es sich nicht um einen Einzelfall handelt: Ein Serienmörder tötet scheinbar willkürlich junge weiße Frauen.

»Harry Hole verstrickt sich immer mehr in den eigenen Abgründen und muss opfern, was er liebt, um den Täter zu stellen.« *Ostthüringer Zeitung*

Marc Van Allen

Invisibilis

Thriller

Originalausgabe

ISBN 978-3-548-26613-8
www.ullstein-buchverlage.de

New York, 2006. Winston Seymour, Polizist kurz vor seiner Pensionierung, ermittelt in seinem letzten Fall. Dabei trifft er auf Sarah Lessing, eine junge deutsche Historikerin aus München. Sie ist auf der Flucht, denn jemand will ihren Tod. In ihrem Besitz ist nämlich ein altes Buch und das darin verborgene Geheimnis könnte die Weltgeschichte für immer verändern. Gemeinsam riskieren die beiden alles, um dem destruktiven Plan dieser unbekannten Macht ein Ende zu setzen und die Welt zu retten. Doch wie kann man seinen Feind bekämpfen, wenn man ihn nicht sieht?

UB401

ullstein